O PROCESSO DE CRIAÇÃO

Enrique Pichon-Rivière
O PROCESSO DE CRIAÇÃO

Tradução CLAUDIA BERLINER

Martins Fontes
São Paulo 1999

Esta obra foi publicada originalmente em espanhol (Argentina) com o título
EL PROCESO CREADOR – Del Psicoanálisis a la Psicología Social (III).
Copyright © 1987, Ediciones Nueva Visión SAIC, Buenos Aires.
Copyright © Livraria Martins Fontes Editora Ltda.,
São Paulo, 1999, para a presente edição.

1ª edição
dezembro de 1999

Tradução
CLAUDIA BERLINER

Revisão da tradução
Silvana Vieira
Revisão gráfica
Izabel Cristina de Melo Rodrigues
Teresa Cecília de Oliveira Ramos
Produção gráfica
Geraldo Alves
Paginação/Fotolitos
Studio 3 Desenvolvimento Editorial (6957-7653)

Dados Internacionais de Catalogação na Publicação (CIP)
(Câmara Brasileira do Livro, SP, Brasil)

Pichon-Rivière, Enrique
   O processo de criação / Enrique Pichon-Rivière ; tradução Claudia Berliner. – São Paulo : Martins Fontes, 1999. – (Psicologia e pedagogia)

Título original: El proceso creador.
ISBN 85-336-1160-9

1. Criação (Literária, artística etc.) I. Título. II. Série.

99-4822   CDD-153.35

Índices para catálogo sistemático:
1. Processo de criação : Psicologia   153.35

Todos os direitos para a língua portuguesa reservados à
Livraria Martins Fontes Editora Ltda.
Rua Conselheiro Ramalho, 330/340
01325-000 São Paulo SP Brasil
Tel. (11) 239-3677 Fax (11) 3105-6867
e-mail: info@martinsfontes.com
http://www.martinsfontes.com

Sumário

Comentário final ao livro de Franco di Segni Hacia la pintura *1*
O objetivo estético *9*
Picasso e o inconsciente *15*
O processo de criação *19*
Comentários sobre o filme Les images de la folie *23*
Notas para a biografia de Isidore Ducasse, conde de Lautréamont *27*
O sinistro na vida e na obra do conde de Lautréamont *41*
Aos cem anos da morte de Lautréamont. Os cantos de Maldoror *85*
Prólogo a Caminos, *de Sergio Enquin* *109*

*A Ana Pampliega de Quiroga,
cujo afeto e colaboração são a
necessária companhia na tarefa.*

Comentário final ao livro de Franco di Segni Hacia la pintura*

> Le but de la peinture surréaliste est la projection des secrètes métamorphoses du monde des objects dans les pérpetuels échanges du subjectif et de l'objectif.**
>
> André Breton

Embora o conteúdo do material acumulado me fosse conhecido e eu pudesse me situar quer como co-autor, quer como testemunha, conforme o tempo transcorrido desde a obtenção do material (distância), o que agora renova meu interesse gira em torno do efeito produzido sobre esse material e sobre o analisando pela ação conjunta de dois novos fatores: 1º) a experiência estética foi comunicada por Di Segni a grupos de jovens sob forma de conferências e discussões; 2º) a reelaboração do material foi realizada paralelamente ao trabalho com os grupos com vistas a ser comunicada a um grupo mediato (leitores) por meio do livro.

Em linhas gerais, pode-se dizer que o efeito produzido por ambos os fatores sobre a experiência primitiva (a análise) foi que esta se apresentou ao analisando com uma nova significação, que denominaremos "responsabilizar-se"

---

* Di Segni, F., *Hacia la pintura*, Buenos Aires, Nova, 1ª edição, 1955.

** A meta da pintura surrealista é a projeção das secretas metamorfoses do mundo dos objetos nas perpétuas trocas entre o subjetivo e o objetivo. (N. da T.)

pela experiência concreta de forma mais ampla e convertê-la em instrumento de trabalho, ganhando assim um caráter operacional na relação com os outros, por exemplo, com os integrantes de cada grupo. Por outro lado, nestes últimos observaram-se efeitos *dinamizadores* ou *energizantes*. A técnica empregada na abordagem coletiva poderia ser resumida assim: 1º) os integrantes dos grupos eram sobretudo jovens de ambos os sexos, com formação mais ou menos homogênea, interessados em artes plásticas; 2º) semanalmente, Di Segni proferia uma conferência seguindo mais ou menos o plano deste livro; 3º) depois das conferências organizavam-se discussões cujo enfoque inicial eram os temas desenvolvidos naquele dia durante a conferência, e as direções oscilavam entre discussões de membros do grupo com o conferencista ou de membros do grupo entre si.

Esses grupos funcionaram de forma progressiva com entusiasmo, livre expressão, nível crescente de compreensão, vivência e o claro propósito de realizar uma boa *tarefa*.

Quando chegam a ser integradas, essas experiências estéticas adquirem as características de um *ato de conhecimento* do objeto estético em sua metamorfose objetivante. Assim, esse conhecimento intervém na configuração do *esquema conceitual e referencial* que se mantém flexível, sensível e plástico (não estereotipado), incluído num contexto psico-sócio-histórico. Esse aspecto operacional é observado por meio de *ratificações* ou *retificações* de atitudes estereotipadas e distorcidas, devidas, entre outras coisas, a métodos antiquados de ensino mantidos em *vigência* como *guardiães* de determinadas ideologias. Essas atitudes rígidas, sustentadas por um esquema conceitual semelhante e que funciona de uma maneira mais ou menos inconsciente, constituem *barreiras* à *irrupção* de objetos estéticos novos e originais que emergem na mente do artista renovador como uma verdadeira descoberta num contexto particular já indicado.

Esse emergente (objeto estético novo e original) com sua significação e linguagem próprias (antes culturalmente recalcado) é agora *reconhecido* ou *redescoberto* com as características de um objeto oculto (retorno do recalcado) que provoca *ansiedade*, podendo chegar até à vivência do sinistro, conforme seu aparecimento seja mais ou menos insólito. Tal situação pode desencadear no público reações hostis voltadas para a destruição do objeto estético (obra de arte), ou para a destruição simbólica do artista por meio de uma *crítica destrutiva* na qual, empregando uma linguagem especializada, o crítico *denuncia* o caráter destrutivo da obra, atribuindo ao artista uma intencionalidade específica. O crítico assume o papel de porta-voz do grupo social. Apenas assinalamos aqui a relação entre o objeto estético, original, o objeto oculto, mágico ou sinistro, e a loucura. O aparecimento, encontro e presença do objeto estético no campo operacional da psicanálise (a entrevista, com seu desenrolar e contorno) possibilitam a investigação multifacetada integral do objeto, por meio de uma interação contínua entre o analista e o analisando. Essa interação é alcançada mediante um *processo de comunicação* (um transmissor, um receptor e uma mensagem a traduzir), que podemos representar graficamente como o funcionamento de uma espiral em contínuo movimento, em que situações de abertura (progresso, evolução, confronto com novas dimensões) e situações de fechamento (coerência e objetividade, ao tornar a se abrir) se alternam e se resolvem dialeticamente de maneira contínua, mas que em condições anormais se transformam num círculo fechado, vicioso e patológico, que funciona como um sistema fechado. A atividade (a obra) adquire o caráter de estereótipo; essa dificuldade pode ser definida como uma inibição (fobia) ante o espaço aberto pelo novo ciclo da espiral.

Isso também caracteriza as neuroses em geral, e a finalidade do tratamento consiste em colocá-lo novamente em andamento e transformá-lo de novo num sistema aberto.

O *objeto estético* aparece mesclado à estrutura dinâmica do *emergente* do analisando no próprio campo de trabalho. O objeto, desconhecido para o próprio sujeito, é depois "encontrado", "descoberto", "redescoberto" ali num estado de destruição que varia em cada caso e cada momento, devendo ser recuperado, reconstruído, manejado e incluído na situação transferencial. É nessa situação, delimitada por características temporais e espaciais (aqui, agora, comigo), e em função das fantasias inconscientes do analisando, que deve ser "reconsiderado".

O processo de criação manifestava-se em Di Segni particularmente por um fenômeno de dupla face, já que, como sujeito atuante do processo, ele pintava; o esquema do quadro podia se estruturar na situação analítica e depois, nesse caso, era "transposto" para a tela, transformando-se por meio de tal processo num objeto estético concreto. Por outro lado, e ao mesmo tempo, procurava, como sujeito-observador, formular em linguagem verbal falada (análise), e depois escrita, a descrição do desenrolar desse processo.

Com esse material foi construído o presente livro. Posteriormente, Di Segni procurou – depois da experiência original – informar-se e recolher a experiência de outros por intermédio dos escritos de pintores e trabalhos científicos sobre o tema, com o propósito de elaborar comigo o todo numa *nova tarefa* (critérios de verificação e confrontação), do que resultou um novo enfoque do problema, mais adequado.

Como já dissemos, o analisando procurou fazer o relato das características de seu vínculo privado com esse objeto, vivenciando como *experiência estética* as vicissitudes e transformações que tal objeto sofre. A passagem do eu do analisando por situações que condicionam progressivas metamorfoses do objeto estético e de sua relação com ele (vínculo), até chegar à sua recriação ou reaparição, é alcançada mediante um processo de aprendizagem (*learning*) que tende a promover a integração tanto do objeto como do sujeito e, em certa medida, do analista, que integra de forma concreta e operacional essa relação a três, ou seja, objeto-sujeito-analista.

Por meio de interpretações sucessivas das fantasias emergentes do analisando, eu operava com ele, com o propósito de esclarecer (*insight*) para ambos o caráter significativo desse objeto no presente, passado e futuro, assim como também os móveis desse processo (por exemplo, sentimento de culpa), e, igualmente, a necessidade de criar um objeto dado também incluído de maneira significativa na história do analisando como um vínculo primitivamente externo, que se estabeleceu depois dentro do eu na forma de vínculo interno (com um objeto interno). Essa tarefa é facilitada nos casos em que existe uma *afinidade* entre analista e analisando, e esta pode se caracterizar por determinadas semelhanças de esquemas *conceituais, referenciais, plásticos*, nos quais está incluída a aptidão para expressar plasticamente uma dada situação, transformando-se essa atitude em meio ou instrumento utilizado no processo de reparação ou re-construção.

O surgimento e a presença do objeto em determinadas condições estruturais e funcionais (objeto destruído ou em destruição) provocam em ambos um impacto, uma repercussão particular. A *necessidade* ou *exigência de reconstruir* se vê reforçada, e os mecanismos de reparação, orientando-se nesse sentido, configuram uma situação que inclui um propósito determinado: uma tarefa comum num contexto comum e com funções ou papéis diferentes mas complementares, e que consiste em operar dentro da mente do analisando (cenário) sobre um objeto destruído também pertencente a ele, cuja reconstrução será representada por meio do tema e da estrutura da obra de arte.

Quanto mais bem-sucedida for a tarefa (qualidade do objeto estético conseguido), maior será o benefício psicológico para o analisando. Esse benefício se expressa por uma diminuição da angústia, do sentimento de culpa, da agressão, etc.

Como vimos, o objeto estético adquire no contexto das *fantasias inconscientes* (mundo interno) as características de um *objeto destruído, fragmentado* em conseqüência de uma situação complexa de causalidade múltipla (limiar, frustração, etc.), mas cujo denominador comum pode ser definido em termos de privação ou abandono. Configura-se então um vínculo particular com esse objeto, caracterizado pela emergência de uma estrutura fortemente *ambivalente* em que o ódio ao objeto vem acompanhado de *amor* pelo mesmo em quantidades mais ou menos proporcionais e experimentadas ao mesmo tempo (ambivalência). A conseqüência imediata é o surgimento de fantasias inconscientes nas quais o objeto é destruído (ou novamente destruído), já que se trata da repetição de uma situação infantil muito precoce dos primeiros meses (protodepressão), que ocorre durante o desenvolvimento normal da criança.

Em decorrência da *ambivalência* do sujeito diante do *objeto interno* (ou predominantemente interno e total), este é parcialmente *odiado* (fantasia de destruição) e parcialmente *amado* (fantasia de preservação, defesa da contaminação, reparação), sem estarem divididos nesse momento nem o eu nem o objeto, podendo recorrer à divisão como defesa contra uma destruição total. Isso pode acontecer diante da pressão da ansiedade que tem como conteúdo a destruição do eu.

A conseqüência imediata da ambivalência e do processo nela envolvido é a emergência de *sentimentos inconscientes e conscientes de culpa e necessidade de castigo.*

Essa atitude que vai do eu (sujeito) ao objeto coexiste com outra que circula em sentido contrário e representa a inversão desses aspectos pelas projeções internas sobre o objeto desse amor e desse ódio. Aqui, o eu do sujeito sente agora que *ele mesmo*, na qualidade de objeto do *outro* destruído (odiado e amado simultaneamente), está sujeito ao impacto de um *grave perigo* (retaliação), ou seja, de ser odiado (destruído agora como "o outro" por seu próprio objeto) e amado ao mesmo tempo, na mesma proporção em que o próprio inconsciente fantasiou tal destruição dirigida ao objeto. Se esse duplo processo provoca muita ansiedade, acaba sendo paralisante para o eu e a reparação ficará seriamente dificultada.

No sujeito (criador) desenrola-se, além disso, outro processo de dupla significação, estético-moral, por meio da transformação (metamorfose) de um determinado vínculo do eu com um objeto interno (objeto destruído e em seguida reparado), realizando-se isso em dois atos temporalmente consecutivos e de sinal contrário (destruição e re-construção), num mesmo cenário (mundo interno do artista), intervindo o analista no segundo momento, já que o primeiro é condição básica do *adoecer*.

Perguntamo-nos agora: *O que ocorre enquanto isso no analista?* Quanto mais estiver autenticamente envolvido nessa tarefa a dois que é a análise (tratando permanentemente com um mínimo de três pessoas – situação triangular), o êxito alcançado traz também modificações semelhantes; atua no mesmo sentido que o *outro*, já que para operar deve identificar-se (empatia) com o *outro*, *participando*, assim, de uma *experiência estética* que inclui, além do mais, um benefício moral.

A experiência estética que ocorre e é *vivenciada* pelo *espectador* se dá quando um objeto (obra de arte) funciona simbolicamente para ele como um meio de satisfação de suas necessidades emocionais (fantasias) inconscientes. Trata-se aqui de uma descoberta; na verdade, é sempre uma redescoberta de suas fantasias inconscientes por meio da forma e do conteúdo do objeto estético, como uma reação em espelho.

O observador participa do próprio processo de reconstrução, realizando-se este em seu mundo interno, o que se expressa como *prazer estético*.

Pela contemplação (percepção estética) e durante esse reviver da situação básica do criador expressa na obra, esses conteúdos inconscientes podem tornar-se conscientes no próprio contexto da experiência estética, transformando-se esta última em experiência ou ato de conhecimento.

*O objetivo estético**

O centro da situação é falar do criador.
Existem duas situações que precisamos esclarecer aqui. A posição do criador e a posição do objeto estético. Esse objeto estético que surge num momento determinado de nossa cultura, o móbile, pode ser interpretado, do ponto de vista sociológico, como correspondente a uma estrutura social determinada. Ou seja, a uma infra-estrutura socioeconômica determinada, vinculada ao industrialismo e, sobretudo, aos novos movimentos de automação. Em outras palavras, ao emprego de máquinas cibernéticas que, em seu funcionamento, chegam às vezes a produzir uma vivência estética por sua perfeição.

Um dos motivos pelos quais o móbile pode emergir nesses momentos e ter um caráter operativo para um auditório ou um público que o contempla é sua possibilidade de treinar as pessoas para uma mudança social de-

....
* Fragmento de uma mesa-redonda no Museu Nacional de Belas Artes, em 17 de setembro de 1963, com a intervenção dos senhores: prof. Jorge Romero Brest, dr. Enrique Pichon-Rivière, Eduardo González Lanuza e Franco di Segni. O tema: "Os móbiles cardânicos de Franco di Segni".

terminada, ou seja, habituá-las a uma mudança que pode ocorrer e assim resolver ansiedades ante a mudança. O movimento constitui então o caráter essencial dessa situação e requer a aquisição de um grau de aclimatação a essas estruturas que adquirem certa autonomia, chegando até a produzir a sensação do sinistro por sua independência, como se fossem pensar sozinhas.

Evoco o cérebro eletrônico e as máquinas cibernéticas que adquirem uma relativa autonomia e podem realizar algum tipo de aprendizagem. Quando contemplamos os móbiles de Franco durante um certo tempo, temos a impressão de que eles realizaram um exame da realidade, uma aprendizagem; que vão corrigindo seus movimentos.

Trata-se de um fato já mencionado por Sartre ao estudar os móbiles de Calder. Sartre ficou muito impressionado com os móbiles, sobretudo ao contemplar permanentemente um deles que lhe fora presenteado pelo próprio Calder. Pôde assim fazer observações curiosíssimas quando o móbile, que se movia automaticamente (nesse caso, por influência de correntes de ar), conseguia realizar tentativas e acertos como se tivesse pensamento próprio. Ou seja, na medida em que o móbile dá a sensação de que corrige atitudes e que seu movimento tem uma harmonia determinada, fica no espectador a vivência de que o objeto tem autonomia. Nesse momento, surge de seu inconsciente a vivência do sinistro, que, após uma elaboração consciente, produz a vivência do maravilhoso, base do sentimento estético. Por isso, esses móbiles podem ser considerados um objeto estético e não um objeto industrial, pois conseguem transmitir ao espectador uma vivência particular de harmonia e de movimento, com um plano e uma estratégia determinados.

Essa é uma arte cuja emergência poderíamos ter prognosticado num determinado momento do desenvolvimento de nossa cultura. Justamente pela influência da máquina, da perfeição da máquina com o aparecimento de máquinas automáticas e da posição do homem ante essa situação de automação.

Vou tomar elementos de alguns trabalhos realizados no campo da pesquisa social: a atitude do operário diante das novas estruturas de automação, que muitas vezes são rejeitadas conscientemente pelo fato de que podem significar demissão ou diminuição de mão-de-obra, mas com um substrato muito curioso de pavor, de vivência do sinistro, de algo que pode ser movido em sua totalidade pela influência de uma máquina perfeita.

Diante dos móbiles de Di Segni, reproduz-se em cada um de nós essa prova e essa aprendizagem de novas estruturas sociais que estão emergindo, e podemos falar de um caráter operativo do móbile do ponto de vista social, visto que nos acostuma a uma mudança social em andamento.

Do ponto de vista do criador, deparamos aqui com um momento muito especial no curso do desenvolvimento da obra de Di Segni e poderíamos nos perguntar por que ele teve de apelar ao movimento para resolver uma situação interna.

Quando se estuda a preocupação pelo movimento nos pintores e escultores, e particularmente nesse caso o dos móbiles, o que emerge é fundamentalmente o sentimento de morte. Encontrei por acaso um poema de Eliot que eu não conhecia, no qual ele insiste reiteradamente em que aquilo que está vivo é o que pode morrer. Mas aqui ocorre o processo contrário: aquilo que está morto pode ser recriado na obra artística. E toda a tarefa do criador consiste na re-criação, através do movimento, do sentimento de morte consciente ou inconsciente com relação a determinados aspectos. Quer dizer, então, que tudo gira em torno de poder resolver sentimentos de inércia, de impotência interna ou de morte sobre a base de um determinado movimento. É isso também o que causa impacto no espectador, que participa, identificando-se com o criador, dos mesmos mecanismos, e que adquire caráter de vivência estética ou diversão pelo fato de resolver ansiedades muito profundas ligadas à morte.

Um elemento importante utilizado por Di Segni é o mecanismo cardânico, utilizado nas bússolas com o objetivo de mantê-las sempre num determinado nível e que representa, digamos, na mecânica, a tentativa mais bem-sucedida de manter um equilíbrio. Ou seja, que é a oposição à loucura.

Um dos móbiles de Di Segni se chama *O pintor louco*. É muito curioso ver como *O pintor louco* realiza movimentos que parecem movimentos de loucura, mas o doutor Cardan, justamente, encarrega-se de colocá-lo permanentemente em situação de equilíbrio. Há, portanto, duas vivências básicas ali: um movimento automático, que pode ser vivido como independente do controle humano, como um pensamento mágico, animista, e o equilíbrio permanente, alcançado pelo mecanismo cardânico, que se opõe à ruptura ou ao caos. Isso quer dizer que o mecanismo cardânico serve também de bússola para o pintor louco não enlouquecer e superar a ansiedade de morte por meio de um movimento que assume a característica de um movimento contínuo.

Freud estudou, num ensaio muito interessante, a vivência do sinistro relacionada com as vivências ou impressões ocasionadas pela observação de objetos automáticos, bonecos automáticos, por exemplo, autômatos, e que surge da vivência de que objetos inanimados ou inumanos adquirem, num dado momento, a característica da excelência e os movimentos dos seres humanos. Nesse momento aparece a vivência do sinistro. Dando continuidade a esses estudos de Freud, consegui identificar, na base do sentimento estético, uma coisa fundamental, o sentimento do maravilhoso, ligado à vivência do sinistro. Ou seja, o maravilhoso é a elaboração, por meio de processos mentais complexos, da vivência de destruição, de morte e do sinistro. Estudei particularmente esse problema em Picasso.

Picasso é, poderíamos dizer, o pintor que conseguiu realizar a prova mais arriscada, ao se enfrentar com o sinistro para recompor a situação por meio de uma harmonia genial, conseguindo proporcionar a vivência do maravilhoso apesar do caráter sinistro de suas imagens. É o pesquisador ou o homem que mais se atreveu a freqüentar a morte na criação artística.

Outros exemplos são os robôs, os bonecos automáticos ou os cérebros eletrônicos capazes de dirigir determinadas operações, o radar e uma série de máquinas que atualmente servem para nos orientar no mundo e que têm a característica de funcionar automaticamente.

O mais surpreendente, contudo, é que certas máquinas cibernéticas sejam capazes, como dizia, de realizar aprendizagens e corrigir experiências.

Ligar toda essa situação ao desenvolvimento socioeconômico e industrial, como faz, por exemplo, Francastel em seu livro sobre *Arte e técnica*, no qual relaciona o objeto industrial e o objeto estético como dois emergentes de uma mesma situação, é completamente lícito, pois junto com a emergência de imagens automáticas vemos a emergência de uma arte como a de Di Segni e seus móbiles. Do ponto de vista social, então, provêm das mesmas fontes, e, do ponto de vista psicológico, vemos que a vivência de morte é fundamental na situação de criação.

Impressionante mesmo é ler o pequeno ensaio de Sartre sobre Calder. Ali, sem falar do sinistro, ele relata aventuras que teve com alguns dos móbiles de Calder, em que se sentiu surpreendido pela aparente inteligência dos móbiles, que lhe provocavam a vivência de que possuíam uma inteligência autônoma.

Considerar então o móbile como um objeto estético é um dos problemas fundamentais. Dependerá da experiência de cada um, e também de seus esquemas referenciais prévios, considerá-lo como um objeto industrial ou um objeto estético. Ou seja, para mim, particularmente, é um objeto estético, pelo fato de criar em mim a vivência do estético, a vivência do maravilhoso, com esse sentimento subjacente de angústia, de temor ao sinistro e à morte. São objetos que servem para recriar a vida. Invertendo a frase de Eliot, são objetos mortos que podem dar, em sua re-criação, a vivência de vida e agem sobre os demais, tranqüilizando uma ansiedade coletiva. E vão nos acostumando a uma nova estrutura social que está emergindo paulatinamente em função de uma determinada evolução da época industrial.

Podemos então considerar que o móbile se relaciona com uma ideologia característica da estrutura atual, social-atual-nossa, com uma infra-estrutura socioeconômica que a está condicionando e que gera produtos como o produto industrial e o produto estético correspondentes a essa época. Podemos dizer que o emergente mais atual, mais moderno, mais operativo que temos atualmente na arte é o móbile, capaz de resolver ansiedades presentes e nos acostumar com mudanças para o futuro.

*Picasso e o inconsciente**

O autor procura examinar a obra de Picasso, sobretudo seus períodos evolutivos, que, se aparentemente carecem de unidade e se encontram desconexos, à luz do enfoque psicanalítico apresentam-se cheios de unidade e continuidade. O autor considera que Picasso, constante explorador, descobre novos campos. Progride no sentido de se aproximar paulatinamente, por intermédio de sua obra de arte, das camadas mais profundas e regressivas de seu próprio inconsciente. No entanto, segundo o autor, existe uma profunda diferença entre o psicótico e o gênio, e que consiste em que este último não sucumbe à pressão de seu próprio inconsciente porque é capaz de exteriorizá-lo. O gênio, projetando sua emoção sobre a tela, vive e compartilha o mundo do adulto e tem seu passado e presente.

Não cabe dúvida de que a quantidade de obras realizadas por Picasso é o preço pago para alcançar sua estabilidade psíquica.

....
* Comentário a F. Wight, "Picasso and the Unconscious", *The Psychoanalytic Quarterly*, 1944, vol. XII, n.º 2, Ciclo 1944, n.º 1.

Numa das primeiras pinturas, Picasso mostra uma mulher e um homem jovem, nus e abraçados. O jovem olha, por cima da cabeça de sua companheira, para a figura da direita, uma mulher idosa com uma criança nos braços: a mãe, que crava fixamente os olhos no jovem. Entre esses dois grupos aparecem, em dois níveis, figuras menores, que são os dois lados de um cubo. A pintura encerra um extenso drama, cujo tema oferecerá o material para cenas posteriores que o detalharão com maior riqueza.

Os quadros seguintes mostram uma criança, resguardada por seus pais. As figuras não fazem nada; os rostos estão pintados em direções opostas, a mãe sempre olhando ao longe. Refletem a extenuação produzida pela fome, como se carecessem do alimento mais essencial.

Essas pinturas foram interpretadas como a expressão de um protesto social, mas o protesto é ainda mais profundo. A fome e o ascetismo de Picasso têm a mesma origem: o temor à fonte de subsistência.

Depois virá a fase dos arlequins, homens maduros brincando como crianças, ou seja, a infância e a idade madura. O arlequim tem duas vidas, a cotidiana e a dramática, e portanto pode ser desenhado com duas cores distintas: cor-de-rosa e verde. O arlequim possui outros dois símbolos: o chapéu e a máscara, que significam o segredo.

No transcurso da obra do artista, o chapéu bicorne sofrerá uma evolução. Durante sua infância, Picasso viu a polícia espanhola usando esse chapéu; o corno representa o chifre do touro que nenhum espanhol pode esquecer, já que se encontra associado ao drama parricida da festa de touros. Por último, temos o corno da lua, símbolo da ambigüidade e do dilema, e nas imagens duplas das pinturas posteriores é o símbolo da mulher grávida.

O símbolo seguinte da obra de Picasso é o acrobata. Posteriormente, inicia-se a fase cubista com a qual se consegue, basicamente, uma reconquista do espaço arquitetônico. Para resolver seu problema, Picasso constrói e cria em três dimensões. Esse problema foi a revelação de coisas mais profundas. Ele necessita de espaço para seus efeitos escultóricos, mas o aspecto que prefere é a ruptura da superfície diagramada.

Acreditamos que Picasso procura encontrar no cubismo a síntese existente entre seus dois mundos, interpondo entre eles o anteparo da geometria para se proteger de uma revelação demasiado completa de si mesmo. No entanto, o cubismo não protegerá Picasso indefinidamente. Em 1921, ele pinta os *Três músicos*. Esses personagens são compostos por áreas planas que poderiam ser papel colorido. Não há perspectiva entre os músicos e o fundo. Os três exibem trajes de carnaval, ou são trajes de carnaval tornados homens, para a circunstância. Um é arlequim, outro um palhaço, o outro um monge. Todos usam máscaras. Mas haverá algo debaixo das máscaras? Isso não constitui problema. Tudo vive. As pernas do monge não se encontram sob a mesa, que representa um símbolo feminino. Os dedos se confundem com as cravelhas de um instrumento; os dedos do palhaço formam um teclado. (Os dedos das mulheres freqüentemente serão as cravelhas de um violão.) O traje do arlequim poderia ser também uma treliça de ferro. O corno do chapéu se assemelha à lua. As notas musicais se espalham por toda a tela. Os olhos são notas; a impressão que causam é de sinais arbitrários no papel, e que, no entanto, têm força. A mascarada é singularmente sinistra, com a algaravia e o disfarce de um auto-de-fé.

Depois vem o período clássico de Picasso, que podemos considerar, psicologicamente, como uma referência à época em que se podia viver e sentir "nu", sem que fosse pecado; é um retorno ao princípio, livre de pecados. É interessante comparar os pais desse período com os que ele desenha na fase azul.

No entanto, a calma dura bem pouco e passa-se para o simbolismo; a massa é uma mulher, e seu seio um bandolim; nessa época, aumenta a impressão de profundidade. As imagens duplas se referem à mãe e ao filho, e a dualidade toma forma; o espelho fora apenas um símbolo preliminar. Trata-se habitualmente de duas entidades com um mesmo envoltório; as formas são ovulares e as cores vivas. Nesses desenhos reflete-se a ambigüidade do pensamento infantil acerca da diferença dos sexos. O menino não tem nenhuma razão para pensar que sua mãe é diferente dele. A confusão resulta inevitável na criança de peito.

Picasso conclui que somos primária e principalmente trato digestivo, com áreas sensíveis nos dois extremos, sendo o comer nossa principal ocupação. O tema das pinturas de Picasso provém do inconsciente, e é impressionante a profundidade e perspicácia alcançadas por ele.

Sua evolução artística vai revelando, de forma regressiva, conteúdos inconscientes cada vez mais profundos e primários, que ele vai sendo capaz de exteriorizar paulatinamente.

*O processo de criação**

R. M. Rilke, em seu livro sobre Rodin, diário da relação entre ambos, comenta o seguinte: "Viveu Rodin na solidão antes de alcançar a fama. E esta, ao chegar, veio acentuar sua solidão. Pois a fama não é definitiva, mas a síntese de todos os mal-entendidos que se acumulam em torno de um nome novo." Nessa passagem, Rilke assinala a situação fundamental que um criador deve enfrentar, tanto em sua emergência como diante de cada mudança que acontece durante seu desenvolvimento. Ou seja, o artista, como toda pessoa de nossa época, tem de abordar os problemas que se colocam para qualquer um de seus semelhantes, mas com a diferença de que ele se antecipa e, como ser antecipado, são lhe atribuídas características de um "agente de mudanças", situação que favorece o deslocamento para ele de todos os ressentimentos, fracassos, medos, sentimentos de solidão e incerteza dos demais, como se fosse o porta-voz de tudo o que está subjacente e

....
* Texto do catálogo da exposição de Oscar Capristo, Galeria Rioboé-Nueva, Buenos Aires, outubro de 1966.

ainda não emergiu. Automaticamente, passa a ser escolhido como bode expiatório, como alguém que perturba uma tranqüilidade anterior. O artista, então, tanto o plástico como o poeta, é um ser em antecipação que se torna vítima de verdadeiras conspirações organizadas contra a mudança, contra o novo, contra o inédito.

Capristo é um deles. Ele não se detém, avança sem se voltar para entreter-se com os vestígios que já deixou em sua marcha. Assume-se como artista, como líder da mudança, para si e para os outros. Esse processo, aparentemente inconsciente, obedece a alguns fatores pessoais e também a uma intricada rede de estímulos provenientes do meio. Capristo não é iconoclasta nem destrutivo, como seria um líder autoritário, mas simplesmente deixa-se fluir para poder captar aquilo cuja emergência representa o autêntico, ou seja, "*el propium*". O vínculo que o artista estabelece entre seu "eu" e o objeto artístico, se o consegue transcender, é porque seu chamado ou mensagem representa a reconstrução de um mundo que é próprio e de todos.

A obra de Capristo, como a de todo criador, seguiu um curso não retilíneo mas dialético. Embarca no tobogã da espiral, criando, destruindo o objeto estético para reconstruí-lo num nível diferente e com técnicas diferentes.

Partindo de um primeiro período que é o da descoberta e deslumbramento ou encontro fortuito de algo que ainda possa guardar os sinais de uma destruição prévia, necessitou, para sua recriação ou reconstrução, de um conjunto instrumental que caracterizasse justamente o eu do artista. Cria-se assim, pela primeira vez, um vínculo vocacional com um objeto que, pela operação mencionada, se transformou no objeto estético. O objeto primário, fragmentado e desagregado, é "reparado" pelo artista; cada fragmento desse todo anterior sofre uma metamorfose totalizante, é uma nova forma e permanece à espera de ser externalizada sobre a tela. É o triunfo da vida sobre a morte, da sanidade sobre a loucura. As contradições prévias que habitavam o contexto da criação, ou seja, seu mundo interno, vão se resolvendo no andamento do processo. É assim que o sinistro se transforma no maravilhoso, o conteúdo e a forma em sua síntese recriam uma nova estrutura.

Mas o importante é que todo esse processo tem por resultado o surgimento de um objeto externo capaz de ser contemplado pelos demais, que provoca uma vivência estética – por isso um objeto de arte – e que possui uma trajetória cuja seqüência não tem fissuras, apenas interrupções e novos saltos, como o que observamos hoje na obra de Capristo, e que se caracteriza pela ruptura da prisão geométrica de suas fantasias que o levaram à abstração. O que ele hoje nos apresenta é o que pulsava dentro dele. Tal como são suas fantasias, não necessita trancafiá-las, não necessita encarcerá-las, já não teme ser visto por dentro, nem por si mesmo nem pelos demais, conseguindo assim uma criação autêntica e, poder-se-ia dizer, inédita. A pergunta que se escuta no recinto da exposição, "é outro Capristo?", poderia ser respondida da seguinte maneira: é o mesmo, que sofreu em seu próprio interior uma metamorfose que também acarretou a do objeto, numa pressão para esclarecer-se esclarecendo; trata-se pois de um desnudar-se não gratuito, mas exemplificador.

Retomando o problema da relação entre solidão e fama, empregado por Rilke, podemos terminar um momento dessa espiral com um pensamento de Heidegger acerca do sinistro que acompanha a solidão: "Quando o sinistro se aproxima de modo inamistoso e perigoso, busca-se proteção e amparo ali onde se costuma ter paz, e nessa morada costumeira temos o máximo de amparo espacial."

Assim o criador consegue resolver a solidão que poderia paralisá-lo e transcende.

Comentários sobre o filme
Les images de la folie*

Diante de um certo diagnóstico da opinião pública, os artistas reagem geralmente de maneira dura e até cruel, como uma réplica adequada. Bastaria recordar o comportamento do público no Salão de Outono de Paris (1911), no qual estavam reunidos quadros e esculturas de artistas que levavam o recente qualificativo de "cubistas". Os comentários que corriam de grupo em grupo eram muito pouco elogiosos; alguns pediam prisão para os autores, enquanto outros perguntavam perplexos se o hospício de Saint'Anne estava fechado. O público manifestou a mesma reação a Delacroix e Manet, ao "salão dos rejeitados", aos impressionistas, aos primeiros independentes, à arte abstrata, etc. Escandalizar-se e diagnosticar alienação são as conseqüências de um impacto brusco demais, que coloca em perigo esquemas consagrados; somente depois de um certo tempo, dependendo de cada escola e época, a nova forma de arte é assimilada. A diferença entre a arte normal e a anormal é que esta última permanece isolada, a

---
* Texto de conferência.

mensagem é individual e muito distorcida e em geral carece de valor plástico. A maioria dos estudos realizados gira em torno de um problema crucial: a relação entre o gênio e a loucura. Quando se fala de "arte do alienado", não se consideram em geral os valores estéticos, mas apenas o fato de que se trata de produções (de natureza artística) que seria melhor chamar de Imagens dos Alienados. A maior parte dos trabalhos científicos sobre o tema refere-se às imagens de pacientes esquizofrênicos, que são maioria entre os doentes internados em instituições e que, por outro lado, se expressam dessa maneira com maior freqüência que outros pacientes. No entanto, o número de pacientes com atividade criadora é bastante pequeno, e calcula-se que aproximadamente 2% da população de internados apresenta essa inclinação. A expressão artística espontânea dos esquizofrênicos caracteriza-se por uma mescla de desenhos e textos intercalados, transições entre o desenho e o texto escrito, pela tendência a preencher o espaço vazio, a "apinhar", pela presença de estereotipias ou repetições com uma rigidez de todas as formas e grande quantidade de símbolos, motivos ornamentais, predomínio de perfis sobre figuras de frente, etc. (Regride a tipos arcaicos de expressão, esconde a destruição dos vínculos com o mundo.)

Uma diferença entre o processo de criação do sujeito normal e a do alienado é que, no primeiro caso, esse processo aparece sob forma controlada e temporária, enquanto no segundo é mais automática, mais permanente e, de certa forma, mais necessária. A obra do alienado participa das características do pensamento mágico; a do artista normal não carece de magia, já que também procura exercer um domínio e controle sobre esse mundo. Ele não cria para transformar o mundo exterior de maneira delirante, mas seu propósito é "descrevê-lo" para outras pessoas sobre as quais procura influir, tendo a tarefa um significado realista definido. Aprende, progride fazendo ensaios, seus modos de expressão mudam e seu estilo pode se transformar.

O artista alienado é impelido a criar com o objetivo de transformar o mundo real, não busca um público nem tenta se comunicar, suas formas de expressão permanecem rígidas. Procura reparar o objeto destruído durante a depressão desencadeada pela doença.

Daremos especial atenção à análise do rosto humano na arte dos alienados. Nas criações figurativas dos esquizofrênicos, é raro encontrar rostos humanos que possamos compreender. Não encontramos uma chave que convide à identificação.

Essa falta de expressão facial não é conseqüência de falta de treinamento artístico. O que se denomina "rigidez" ou "vazio" é difícil de avaliar objetivamente, mas é o que sentimos quando contemplamos a produção de um esquizofrênico. Por outro lado, os pacientes são capazes de reconhecer as expressões nos outros, mas são incapazes de reproduzi-las por meio do desenho. O vazio da expressão facial corresponde ao transtorno geral que esses pacientes experimentam no contato com a realidade. Na pessoa normal, a expressão mímica dirige-se a outro alguém, a fim de estabelecer um contato, ao passo que nos pacientes esse contato está perturbado e, em conseqüência, a comunicação fica seriamente dificultada.

As atividades criativas dos doentes mentais podem ser utilizadas de diversas maneiras: 1.º) como lazer para os pacientes internados, a fim de propiciar um *hobby* útil e prazeroso proveniente da realização; 2º) para criar maior liberdade emocional, método que serve de ajuda tanto para o diagnóstico quanto para o prognóstico e tratamento; 3º) o material fornecido proporciona informações úteis sobre as mudanças do paciente durante o tratamento; 4º) servem também como elementos utilizados pela psicoterapia, já que alguns pacientes se expressam mais facilmente por esse meio. São também, como os sonhos, o ponto de partida de interpretações, do mesmo modo que os utiliza o psiquiatra.

Embora o esquizofrênico não seja, em sentido estrito, uma criança, um homem primitivo ou um artista moderno, a arte patológica entra, no entanto, numa das *Categorias do Imaginário* das quais emergem as grandes produções fantásticas: mitos, religiões, arte, sonhos, delírios. Ao lado das diferenças formais existentes, leis gerais regulam tanto as estruturas quanto os temas e dinamismos dessas produções. Se abandonarmos certos preconceitos, poderemos fazer desse campo comum o objeto de investigações esclarecedoras.

*Notas para a biografia de Isidore Ducasse, conde de Lautréamont**

> Je te cherchais dans le sommeil où les rencontres sont plus faciles – On se poste au coin d´une rue, l´autre arrive rapidement – Mais tu ne venais même pas – Lautréamont – Derrière mes yeux fermés**.
>
> Jules Supervielle

No dia 4 de abril de 1946 cumpriram-se cem anos do nascimento de Isidore Ducasse, conde de Lautréamont. Os dados que seguem são uma tentativa de organizar cronologicamente o disperso material vinculado à vida do criador dos *Cantos de Maldoror.*

O primeiro a chamar a atenção sobre ele foi León Bloy (1890), que assim nos informa sua descoberta:

"O sinal incontestável do grande poeta é a *inconsciência profética*, a perturbadora faculdade de proferir sobre os homens e o tempo palavras inauditas, cujo conteúdo ele mesmo ignora. É essa a misteriosa insígnia do Espírito Santo nas frontes sagradas ou profanas. Por ridículo que possa hoje parecer descobrir um grande poeta, e descobri-lo numa casa de loucos, devo declarar em sã consciência que tenho certeza de ter realizado a descoberta."

-----

* Artigo publicado em *La Nación*, Buenos Aires, abril de 1946.

** Tradução livre: "Eu te buscava no sono onde os encontros são mais fáceis – Ficamos parados numa esquina, o outro chega rapidamente – Mas não vinhas – Lautréamont – Nem por trás de meus olhos fechados." (N. da T.)

Rémy de Gourmont (1891) define o conde de Lautréamont como um jovem de uma originalidade furiosa e inesperada, um gênio enfermo e, mais ainda, um gênio louco. É o primeiro a fornecer alguns dados biográficos de Isidore Ducasse. Diz que nasceu em Montevidéu no mês de abril de 1846 e morreu aos 28 anos*, depois de publicar os *Cantos de Maldoror* e *Poesias*. Nada se sabe – continua Gourmont – sobre sua curta vida; parece não ter tido relações com o mundo literário, e os numerosos amigos citados em suas dedicatórias trazem nomes que permanecem ocultos. (Hoje conhecemos quase todos.) Se os alienistas tivessem estudado esse livro – segundo ele – teriam designado Lautréamont como um louco perseguido e ambicioso. Rubén Darío inclui Lautréamont entre seus "esquisitos" (1893). Conhece-o através de León Bloy e supõe que a denominação conde de Lautréamont seja apenas um pseudônimo, duvidando de que fosse montevideano. "Viveu infeliz e morreu louco. Escreveu um livro que é único, não fosse a prosa de Rimbaud: um livro diabólico e estranho, jocoso e uivante, cruel e penoso, um livro em que se ouvem a um só tempo os gemidos da Dor e as sinistras cascavéis da Loucura." Darío foi o primeiro a introduzir a obra de Lautréamont na América. Traduziu, além disso, alguns fragmentos dos Cantos: "Os cães uivam, seja como uma criança que grita de fome, seja como um gato ferido no ventre, sob um teto..." E Leopoldo Lugones, sem dúvida influenciado pelo entusiasmo de Darío e por esses fragmentos, compõe entre os 20 e 22 anos (1897) seu poema intitulado "Metempsicose". "Sobre a aresta

---

* Isidore Ducasse (1846-1870) morreu, na verdade, aos 24 anos. Cf. mais adiante, p. 56. (N. da T.)

mais alta da rocha / ladrando para o rude mar estava um cão, seus caninos brilhavam na noite / mas não seus olhos porque era cego. Sua boca aberta cintilava, rubra / como o ventre aquecido de um braseiro; como a grande bandeira de vingança / que coroa as iras de meus sonhos; como o ferro de um machado de verdugo / impregnado do sangue dos povos."

Dessa maneira Lautréamont ingressou em nossa literatura.

Mas as opiniões de L. Bloy, R. de Gourmont e Darío surtiram efeito: o último deles aconselhava os jovens a não se aproximarem de Lautréamont. Existe um sábio conselho na Cabala: "Não se deve brincar de espectro porque se pode chegar a sê-lo."

Toda a investigação sobre a vida do conde de Lautréamont se viu dificultada, intencionalmente *reprimida*, em conseqüência direta do conteúdo da obra e dessas primeiras opiniões. Surgiu então, para preencher o vazio, a lenda lautreamoniana. A mais bela foi *inventada* por Ramón Gómez de la Serna há 25 anos. A ele devemos também a opinião mais sagaz sobre a suposta loucura de Isidore: "Lautréamont é o único homem que sobrepujou a loucura. Todos nós não estamos loucos, mas podemos estar. Ele, com esse livro, se esquivou dessa possibilidade e a superou."

Sobre o local de nascimento, o próprio Isidore Ducasse nos informa nos *Cantos de Maldoror*. O final do século XIX verá seu poeta, "*nasceu nas costas americanas*, na desembocadura do Prata, ali onde os povos outrora rivais (refere-se sem dúvida à Guerra Grande) se esforçam atualmente para superar-se por meio do progresso moral e material. Buenos Aires, a rainha do Sul, e Montevidéu, a coquete, estendem uma mão amiga através das águas argentinas do grande estuário". Em outro lugar, refere-se aos "gemidos graves do montevideano". G. e A. Guillot-Muñoz (1925) dão o passo definitivo na pesquisa biográfica do conde de Lautréamont ao descobrir nos arquivos da catedral de Montevidéu, em agosto de 1924, o registro de batismo. Em 15 de novembro de 1847 foi batizado Isidore Lucien, que nasceu em 4 de abril de 1846, filho legítimo de François Ducasse e de Jacquette-Célestine Davezac, nascidos na França. São seus avós paternos Bernard-Louis Ducasse e Marta Damaré, e seus avós maternos Domingo Davezac e Maria B. Douret. Os padrinhos de Isidore foram Lucien Bernard Ducasse, seu tio, representado por Eugenio Baudry, e Eulália Agregne, esposa de Baudry. Em dezembro do mesmo ano descobrem nos arquivos da consulado da França o registro de nascimento. Nasceu, como já foi dito, em 4 de abril de 1846, às 9 da manhã. A mãe de Isidore tinha então 26 anos e o pai, 36, ocupando na época o posto de chanceler delegado do Consulado Geral da França. Assinam o registro Eugenio Baudry, Pedro Lafarge, François Ducasse e M. Denoix, gerente do consulado. G. e A. Guillot-Muñoz fazem notar que o subtenente Pedro Lafarge combateu na Legião Francesa durante o cerco de Montevidéu, junto com Jean Davezac, tio de Lautréamont, Luis Lacolley, avô materno de Jules Laforgue, e o suboficial Munyo, avô materno de Jules Supervielle. Aparecem assim reunidos os nomes de Lautréamont, Laforgue e Supervielle, três poetas nascidos em Montevidéu que, com o passar do tempo, se reunirão de novo na história da literatura francesa, figurando entre os mais insignes representantes da poesia moderna.

O pai de Isidore, François Ducasse, nascera em Bazet, a cinco quilômetros de Tarbes, em 12 de maio de 1809. Era filho de Bernard-Louis Ducasse, chamado "O professor", nascido em 1774 e falecido em 1830. A mãe de Isidore, Jacquette Celestine Davezac, nasceu em Sarguinet, pequena comunidade vizinha de Tarbes, onde François Ducasse exerceu as funções de professor durante os anos de 1837, 1838 e 1839. Segundo os dados de F. Alicot (1928), F. Ducasse teria imigrado no ano de 1840, seguido posteriormente por seu irmão Lucien Bernard e seus sobrinhos François, Jean Droctovée e Lécéa, que se radicaram em Córdoba, na República Argentina.

O pai de Lautréamont sempre viveu em Montevidéu. Morreu no ano de 1887. Diz-se que era um homem de pequena estatura, de barba, elegante, fino, gozador e cético, dono de grande cultura literária. Freqüentava o mundo diplomático, onde era considerado homem de fina espiritualidade. Antes de seu matrimônio, ligara-se a Rosario de Toledo, bailarina muito popular no Rio de Janeiro na época do imperador Pedro II. Ao ser abandonada pelo chanceler, ela enlouqueceu e morreu pouco depois.

Em 1862, François Ducasse empreendeu uma viagem por regiões da América do Sul, vizinhas ao trópico de Capricórnio. Visitou o Paraguai, a Bolívia, o Brasil e o norte da República Argentina, e durante esse trajeto realizou um estudo sobre as tribos guaranis.

O manuscrito, entregue a Eugenio Baudry, padrinho de Lautréamont, foi queimado pelos contrabandistas brasileiros que assassinaram Baudry e mutilaram seu cadáver. No curso dessa longa e penosa viagem, François Ducasse contraiu paludismo e sofreu febres intensas e crises alucinatórias. G. e A. Guillot-Muñoz contam que o arquiteto Masqueles relatou-lhes em 1922 que, quando François Ducasse leu pela primeira vez os *Cantos de Maldoror*, ficou profundamente impressionado ao descobrir grandes analogias entre certas visões de Maldoror e as alucinações que sofrera em plena selva. Nem a viagem nem o relato da doença eram do conhecimento de Lautréamont.

De volta a Montevidéu, Ducasse fundou uma escola de língua francesa onde ele mesmo lecionou um curso de filosofia, expondo a influência de Auguste Comte e do positivismo fora da França, bem como as idéias morais de Edgard Quinet.

O pai de Isidore era proprietário de uma casa na rua Bacacay, mas nos últimos anos de sua vida viveu no hotel de Las Pirámides, que existe até hoje. Sua biblioteca era conhecida em Montevidéu como uma das mais completas. A mãe de Edmundo Montagne recordou que Ducasse confiara ao escritório de seu marido, por volta do ano de 1870, uma grande quantidade de livros ao partir em viagem. Entre eles obras de Molière, Racine, Chateaubriand, Corneille, Voltaire, Rousseau e, também, um exemplar de *Gaspard de la nuit*. Posteriormente foram encontrados na biblioteca que pertenceu a Monsieur Gibert dois exemplares de *As flores do mal*, dedicados a este por Isidore Ducasse na época de sua adolescência. Consideramos esse detalhe uma referência importante para o conhecimento da formação literária do conde de Lautréamont.

Edmundo Montagne (1925 e 1928) ampliou os dados relacionados ao pai do poeta. Pediu a seu tio Prudencio Montagne – único sobrevivente dos que conheceram Lautréamont – mais antecedentes sobre a vida dos Ducasse em Montevidéu. Desse modo ficamos sabendo que quando morreu habitava o hotel de Las Pirámides. Que tinha fortuna, estava aposentado como chanceler, vestia sempre sobrecasaca e usava cartola de felpa; também que costumavam passear juntos – seu tio e ele –, que iam à cervejaria Thiébaut e almoçavam aos domingos na casa de Montagne. "Quando Ducasse morreu – diz Prudencio Montagne –, tinha eu trinta anos. Até então ia ao hotel uma ou duas vezes por semana, lá pelas quatro da tarde, para tomar mate com ele, preparado por mim. Éramos dois grandes apreciadores de mate. Ele morreu dois dias depois de minha última visita. O dono do hotel, M. Haurie, me informou de seu falecimento e lhe mandei uma coroa de flores, a única recebida pelo finado. Ducasse fora casado, mas parece que sua mulher morreu pouco tempo depois do nascimento de Isidore (o conde). A seu respeito nada sei, não a conheci, não existia no meu tempo. Em contrapartida, conheci Isidore Lucien Ducasse, chamado de Isidore. Era um rapaz lindo, mas extremamente dissoluto, desordeiro e insuportável; teria por volta de 18 anos. Nunca ouvi ninguém falar das obras literárias de Isidore. Se as publicou entre 1868 e 1870, eu teria então 10 a 12 anos. Nem naquela época, nem quando adulto ouvi falar desses *Cantos*. A única coisa que Ducasse me disse certa vez, depois de 1875, foi que Isidore morrera no ano de 70. Sempre acreditei que tinha sido na guerra." Dom Prudencio conheceu Isidore na casa de seu pai, na rua Camacuá, que ficava na frente da casa da rua de la Brecha, onde se presume que nasceu Lautréamont.

Lautréamont nasceu durante o cerco de Montevidéu, que durou de 1843 até 1851. "Sentiu – diz Pedro Leandro Ipuche – desde o berço a fuzilaria, o canhão, a metralhadora, os desafios, os alertas, as patrulhas e as homenagens com tambor surdo." Durante seus cinco primeiros anos deve ter escutado relatos de degolas e esquartejamentos, cujas vítimas eram muitas vezes amigos de seu pai. Deve ter lido depois *Montevideo ou Una nueva Troya*, de Alexandre Dumas, e escutado contar muitas vezes o martírio sofrido pelos franceses nas mãos das tropas dos sitiadores. "Despojados de suas roupas – diz uma crônica –, receberam um golpe de lança e depois os fizeram desfilar nus pelo acampamento, onde foram objeto dos maiores ultrajes. Em seguida, tiveram pés e mãos atados, seus corpos foram abertos longitudinalmente, arrancaram-lhes as entranhas e o coração e os mutilaram de forma vergonhosa. Arrancaram-lhes pedaços de pele das costas para fazer maneias de cavalos e, por fim, cortaram-lhes a cabeça e os deixaram expostos no meio do campo."

Suspeitamos que tomou o título de conde por causa de uma identificação com o conde Walewski, filho de Napoleão I, cuja personalidade permaneceu na lembrança dos franceses do rio da Prata. Segundo Robert Desnos, Isidore tomou o pseudônimo de Lautréamont de um romance de Eugène Sue, *Lautréamont*. Considero mais lógico supor que é o produto de uma condensação cujos elementos seriam não só *Lautréamont*, mas também o próprio significado do pseudônimo (o outro monte), numa referência a Montevidéu, sua cidade natal. Quanto a Maldoror, é sem dúvida nenhuma uma condensação de "Mal" e "Dor"*. A contribuição de F. Alicot (1928) sobre a adolescência e os estudos do conde é fundamental. Segundo ele, em 1860, ou seja, aos 14 anos, Ducasse é um medíocre aluno do sexto ano do Liceu Imperial de Tarbes, que freqüentou nos anos de 1860, 1861 e 1862. Em 1863 in-

---

* Em espanhol, *Dolor*. (N. da T.)

gressa no Liceu de Pau e prossegue seus estudos durante os anos de 1863, 1864 e 1865.

Seus amigos, colegas e professores figuram no prólogo a suas poesias: Georges Dazet, Henri Mue, Pedro Zurmarán, Louis Ducour, Joseph Bleumstein, Joseph Durand, Paul Lespes, Georges Minvielle, Auguste Delmas, Alfred Sircos, Frédéric Damé e o professor de retórica M. Hinstin. Todos, menos Ducour e Durand, foram identificados. Um deles, Paul Lespes, que com G. Minvielle foram seus melhores amigos no Liceu de Pau, traça um vivo retrato de Isidore Ducasse. "Era – diz Lespes – um jovem alto, magro, um pouco encurvado, de tez pálida, cabelos longos caídos sobre a testa, com uma voz desafinada e fisionomia muito pouco atraente. Estava quase sempre triste, silencioso, como que recolhido em si mesmo. Na sala de estudos passava horas inteiras com os cotovelos apoiados na carteira, as mãos na testa e os olhos fixos num texto clássico que não lia. Gostava de Corneille, Racine, Shakespeare, Shelley, Byron, Poe, Gautier. Mas era sobretudo *Édipo rei*, de Sófocles, que o entusiasmava. A cena em que Édipo conhece por fim a terrível verdade, e lança gritos de dor, parecia-lhe sublime. No entanto, teria preferido que Jocasta se matasse na frente dos espectadores."

Sofria de intensas enxaquecas e depressões; sua atitude era distante, desdenhosa; considerava-se um ser à parte. Num discurso que pronunciou diante do professor Hinstin e seus colegas, deu rédeas soltas pela primeira vez à sua imaginação. Causou tal impressão que seus colegas Lespes e Minvielle reconheceram Isidore como o autor dos *Cantos de Maldoror*, quando, anos depois, receberam um exemplar sem nenhuma referência. Interessava-se muito pelas ciências naturais, indagava sobre os costumes dos animais e especialmente sobre o vôo dos pássaros. "No Liceu era considerado – diz Lespes – um bom sujeito, mas um pouco 'pancada'."

Após terminar os cursos do Liceu de Pau, Isidore se mudou para Paris com o objetivo de ingressar na Escola Politécnica, e as informações que temos sobre sua vida entre 1865 e 1870, época de sua morte, são muito imprecisas. Publicou em agosto de 1868, em Paris, o primeiro dos *Cantos de Maldoror*, que assina apenas com três asteriscos. Em dezembro do mesmo ano faz uma reimpressão desse primeiro canto com o propósito de enviá-lo ao concurso de poesia organizado em Bordéus por Evaristo Carrance. Em 1869 imprime-se a primeira edição completa dos *Cantos de Maldoror*, edição que nunca chegou a ser vendida: apenas dez exemplares saíram da gráfica e chegaram às mãos do conde de Lautréamont. No início de 1870 publica o prólogo das *Poesias*. Por meio de seis cartas escritas em diferentes épocas, somos informados de suas preocupações, conflitos com o pai, dificuldades financeiras, relações com os editores, mudanças de domicílio, retificações em sua obra. "Você sabe que reneguei meu passado? Só canto agora a esperança, mas para isso é preciso primeiro atacar a dúvida deste século." (Carta a seu editor, 21 de fevereiro de 1870.) Mora sucessivamente em Faubourg-Montmartre 32, rue Vivienne 15, Faubourg-Montmartre 7.

Robert Desnos sugeriu que Ducasse poderia ser aquele orador de mesmo nome citado por Jules Vallès em seu livro *L'insurgé*. Philippe Soupault afirmou isso no prólogo das edições completas. Mas Aragon, Breton e Éluard rejeitaram essa afirmação, sustentando que o Ducasse que nas reuniões públicas de 1869 tomou a palavra para citar as epístolas de São Paulo foi perfeitamente identificado, entre outros, por Charles da Costa, que o conhecia intimamente. Era Félix Ducasse, que terminou sendo presidente do Consistório da Igreja Cristã Evangélica de Bruxelas e que morreu no ano de 1877. No entanto, ninguém pode negar ou afirmar que o conde de Lautréamont tenha tido alguma participação nas lutas políticas de seu tempo. Ele morreu de uma doença infecciosa (escarlatina). O atestado de óbito foi descoberto pelos surrealistas. Ficamos sabendo que na quinta-feira, 24 de novembro de 1870, Isidore Lucien Ducasse, escritor, de 24 anos de idade, nascido em Montevidéu, faleceu às 8 horas da manhã em seu domicílio, Faubourg-Montmartre 7. O atestado foi lavrado na presença do dono do hotel e de um garçom. Ducasse foi enterrado no dia seguinte, 25 de novembro de 1870, numa vala comum do cemitério do Norte. Nascera durante o sítio de Montevidéu e morreu no sítio de Paris. Cabe assinalar que ele próprio poderia ser definido como um *poeta sitiado*.

Informado da existência de um ramo dos Ducasse em nossa Córdoba, e instado pelo centenário do nascimento do conde de Lautréamont, decidi continuar a investigação. Viajei a Córdoba (abril de 1946) com a esperança de encontrar novos documentos que permitissem esclarecer aspectos da vida de Isidore.

A primeira referência que obtive relacionava-se com a existência de uma rua chamada avenida Ducasse e de um moinho de farinha do mesmo nome que pertencera à família. Seu atual proprietário é o senhor R. Lozada Llanes, que desposou Amelia Suárez Ducasse, sobrinha do conde e última descendente dos Ducasse. Foram muito gentis em permitir que eu examinasse toda a documentação. Encontrei a genealogia completa da família desde os bisavós de Isidore. Cópias das certidões de casamento, nascimento e óbito de todos os membros, correspondência de François Ducasse – o pai – com seus banqueiros de Montevidéu, as provas de suas duas viagens a Córdoba e outra à França no ano de 1873. Além disso, nomeações, títulos e certificados de estudos, bem como a cópia de seu testamento. Mas absolutamente nada do conde de Lautréamont; tudo, parece, havia sido minuciosamente separado, segregado. Nenhuma referência na correspondência do pai; seu nome só aparece nas cópias dos registros de nascimento e óbito. Encontrei também duas cartas pedindo informações sobre sua vida, uma de F. Alicot e outra de Benjamin Peret: "Somos escritores franceses de vanguarda (André Breton, Louis Aragon, Paul Éluard e eu), ardentes admiradores de seu grande tio, em quem reconhecemos o maior gênio poético de todos os tempos." Encontrei retratos de toda a família; do pai, do tio, dos primos e sobrinhos, mas nenhum dele. Obtive apenas um dado importante referente à mãe de Lautréamont. Os pais de Isidore casaram-se na catedral de Montevidéu em 21 de fevereiro de 1846; o poeta nasceu em 4 de abril do mesmo ano, ou seja, dois meses depois. A mãe morreu em 10 de dezembro de 1847, aos 27 anos de idade, de *morte natural*, como se lê no atestado de óbito. Segundo as lembranças familiares, François Ducasse teria conhecido aquela que viria a ser sua esposa numa viagem à França. O pai do poeta regressou sozinho, e pouco tempo depois chegou a Montevidéu Jacquette-Célestine Davezac, que supostamente pôs um fim trágico à sua vida. Isso torna mais compreensível a psicologia do conde de Lautréamont, esse grande desconsolado.

    Lucien Bernard Ducasse, tio e padrinho de Isidore, emigrou da França depois de seu irmão François e se radicou primeiro em Mercedes (província de Buenos Aires), onde instalou um moinho de farinha. Depois mudou-se para Córdoba e ali se reuniram a ele três sobrinhos – filhos de Marc Ducasse, que ficou na França –, François, Jean Droctovée e Lécéa, esta casada em Bazet com um espanhol chamado Juan Antonio Suárez Fernández. Desse casal nasceram quatro filhos, dos quais apenas dois sobreviveram: Marcos, que nasceu em Bazet, e Amelia, que nasceu em Montevidéu.

Em Córdoba, os Ducasse compraram, por 18 mulas gordas, um pequeno moinho que pertencera sucessivamente a Ascorcel de Peralta, a uma congregação de freiras, ao deão Funes e por último a outra congregação. Lucien, que era chamado de "o carpinteiro", e seus dois sobrinhos, François e Jean Droctovée, permaneceram solteiros e levaram uma vida retirada. Eram considerados gente estranha, pouco sociáveis, muito religiosos e preocupados apenas em fazer fortuna. Todos, seguindo o conselho do tio Lucien, usavam barba "para que os índios os respeitassem". Viveram no moinho durante muitos anos, depois numa casa da rua General Paz, onde hoje existe um colégio nacional. O marido de Lécéa, Suárez Fernández, foi "expulso" da família e devolvido à Espanha, onde faleceu. Lucien e seus sobrinhos montaram para Lécéa uma padaria chamada "A mão dourada", situada na rua Santa Rosa. Dos filhos de Lécéa, Marcos Suárez Ducasse foi um excêntrico que rompeu com as normas familiares, negando-se a trabalhar; morreu louco (1922) e, segundo referências, teria tido inclinação para a poesia. A filha, Amelia Suárez Ducasse, esposa do senhor Lozada Llanes, faleceu no ano de 1937, extinguindo-se com ela os Ducasse.

O sinistro na vida e na obra do conde de Lautréamont *

Uma das contribuições mais valiosas para a psicologia da arte foi dada por Freud[1] em seu estudo sobre *o sinistro* (1915). Meu propósito é resumir primeiro suas idéias e depois aplicá-las à análise de alguns aspectos da vida e da obra do conde de Lautréamont.

Segundo Freud, o *sinistro* seria aquela qualidade de *espantoso* que é própria das coisas conhecidas e familiares há muito tempo. A definição de Schelling de que o *sinistro* é tudo aquilo que deveria ter permanecido oculto, secreto, mas que se manifestou, fica demonstrada ao se estudar o conteúdo profundo desse sentimento[2]. Foi E.

---

* Fragmentos do curso dado no Instituto Francês de Estudos Superiores durante o ano de 1946. *Revista de Psicoanálisis*, 1947, ano IV, n.º 4.

1. Ao resumir as idéias de Freud vi-me muitas vezes obrigado a copiar textualmente. As observações aparecem em forma de notas. O que sublinho aqui nos *Cantos de Maldoror* não figura assim no texto original; fiz isso para destacar certos conceitos ou temas.

2. Quanto à tradução do termo alemão, transcrevo a interessante nota do tradutor L. Rosenthal: "*Das Unheimliche* (substantivação do adjetivo *Unheimlich*) é uma dessas dificuldades que o tradutor consegue superar a duras penas e de forma decepcionante. A falta de um termo espanhol equiva-

Jentsch quem primeiro buscou uma interpretação psicológica, destacando como caso por excelência em que *o sinistro* se manifesta aquele em que se duvida se um ser animado é vivo e, inversamente, se é inanimado um ser sem vida. Como exemplo típico, ele cita a impressão que causam as figuras de cera, as bonecas "sábias" e os autômatos, comparando-a à impressão que produzem as crises epilépticas e as diversas manifestações da loucura. Esses fenômenos evocariam a lembrança de processos automáticos, mecanismos que se ocultam sob o quadro habitual de nossa vida. Jentsch tomou como exemplos típicos na literatura os *Contos fantásticos* de Hoffmann. Freud faz uma interpretação do conto *O homem da areia*, que ele utiliza para destacar uma das fontes do *sinistro*: *o complexo de castração*. Outra observação geral é que *o sinistro* ocorre cada vez que *se desvanecem os limites entre o fantástico e o real*, quando o que tínhamos considerado fan-

....

lente obedece, sem dúvida, ao fato de que o clima racial latino não admite em tal medida como outros materiais étnicos o sentimento e, por conseguinte, o conceito do *Unheimliche*. Não se deve pensar que o vocábulo escolhido – 'o sinistro' – preenche por completo as várias acepções contidas em *Das Unheimliche*. Com maior ou menor propriedade se poderia dizer também: truculento, horroroso, temível, espantoso, cruel, atroz, inumano ou sobre-humano, feroz, grande, excessivo, descompassado, arrepiante, consternante, assombroso, terrífico, pasmante, insólito, inabitual, misterioso, fantástico, lúgubre, inquietante (ou, como na tradução francesa, 'inquietante estranheza'), etc. Cada um desses termos corresponde a um matiz de *Unheimlich*. 'O sinistro' talvez tenha a única vantagem de englobar vários matizes, embora não todos; de ser um conceito com intenso tom negativo (considere-se suas múltiplas antinomias com "destro") e de admitir os diversos usos que se dá a *Unheimlich*. De qualquer modo, à medida que vai estudando a primeira parte deste trabalho, o leitor irá localizar no 'sinistro' os múltiplos matizes que correspondem ao vocábulo alemão."

tástico aparece ante nossos olhos como realidade, quando um símbolo adquire o lugar e a importância daquilo que havia simbolizado. É devido a essas situações que as práticas da magia adquirem o caráter do *sinistro*. O mecanismo geral, tal como se observa nas crianças e nos neuróticos, consiste no exagero da realidade subjetiva em face da realidade material, tendência que acompanha a onipotência das idéias e que condiciona um tipo de pensamento pré-lógico, mágico-animista.

Freud ressalta também o fato de que para muitos neuróticos os genitais femininos participam desse caráter do *sinistro*, relacionando esse sentimento com fantasias de regressão ao claustro materno[3].

Ao se referir a *Os elixires do diabo*, de Hoffmann, Freud aborda o tema do *duplo*, outra fonte do *sinistro*. Deparamos aqui – diz ele –, antes de mais nada, com o tema do duplo em todas as suas variações e desenvolvimentos: a existência de pessoas que, por causa de seu aspecto igual,

---

3. Embora esse significado seja observável, creio que o sentimento do *sinistro* provocado pelos genitais femininos, tal como se observa sobretudo nos homossexuais e impotentes, se deve com mais freqüência ao fato de que os genitais da mulher adquirem o caráter *sinistro* por serem castrados (sem pênis). O caráter *espantoso* dos genitais femininos relaciona-se com a angústia que move o homossexual masculino a evitar a mulher, porque ela lhe "recorda" a possibilidade de que ele mesmo venha sofrer dano semelhante. A angústia causada pelo caráter *sinistro* do genital feminino, combinada com os elementos que tendem a superar essa angústia, condiciona as fantasias da mulher fálica (mãe fálica), simbolizada pela aranha, por exemplo.

Na homossexualidade feminina esse fator desempenha um papel idêntico (embora menos intenso). É por isso que as mulheres homossexuais se recusam a ter relações sexuais com objetos masculinos (com pênis), para evitar "lembrar-se" de sua humilhante condição de castradas. Na mulher, *o sinistro* pareceria estar mais relacionado com a percepção do perigo da perda de objeto do que com o dano material nos próprios genitais.

devem ser consideradas idênticas; a exaltação dessas relações mediante a transmissão dos processos psíquicos de uma pessoa a seu duplo (telepatia), de modo que um participa do que o outro sabe, pensa e experimenta; a identificação de uma pessoa com outra, de maneira que ela perde o domínio sobre seu próprio eu, colocando o eu alheio no lugar do seu próprio; ou seja, desdobramento do eu, cisão do eu, restituição do eu. Além disso, o duplo se relaciona com o constante retorno do semelhante, com a repetição das expressões faciais, características, destinos, atos criminosos, inclusive os mesmos nomes em várias gerações sucessivas.

O. Rank[4] estudou as relações entre o duplo e a imagem especular, a sombra, os espíritos tutelares, as doutrinas da alma e o temor da morte. Segundo ele, o duplo foi em sua origem uma medida de segurança contra a destruição do eu, um enérgico desmentido à onipotência da morte, e provavelmente a "alma imortal" tenha sido o primeiro duplo de nosso corpo.

Nos sonhos, a defesa contra a angústia de castração pode aparecer sob forma de duplicação ou multiplicação do símbolo genital. Essas representações surgem como produto do narcisismo primário da criança ou do primitivo, e somente quando essa fase do desenvolvimento é superada modifica-se o signo algébrico do duplo, passando de signo confirmador da sobrevivência para um sinistro prolegômeno da morte. Essa idéia do duplo não desaparece, e adquire novos conteúdos ao se desenvolver dentro do eu uma outra instância, o supereu, que cumpre a função de

....
4. O. Rank, *Don Juan. Une étude sur le double*. Tradução francesa. Paris, 1932.

censura (consciência moral). Não é só esse conteúdo ofensivo ao eu que pode ser projetado no duplo, mas também todas as eventualidades de nosso destino que não puderam ser realizadas e que não nos resignamos a abandonar. Todas as aspirações do eu que não puderam ser cumpridas por causa de determinadas circunstâncias externas, todas as decisões sufocadas que produziram a ilusão do livre-arbítrio, contam-se entre elas. Mas nada desse conteúdo – continua Freud – pode explicar o caráter *sinistro* do duplo, e tampouco conhecemos o mecanismo pelo qual o duplo se projeta para fora de nosso próprio eu. O caráter *sinistro* só pode proceder do seguinte fato: o duplo é uma formação que pertence a épocas primitivas, a tempos passados em que ele sem dúvida tinha um caráter mais amável (protetor). O duplo se transformou em figura aterrorizante, assim como os deuses, após a ruína de suas religiões, se tornam demônios (Heine, *Los dioses en el destierro*)[5].

....
5. Assim é que o duplo pode aparecer nos sonhos expresso por uma multiplicação da própria imagem e como mecanismo de defesa. Em Lautréamont encontraremos com muita freqüência a fantasia de ter irmãos, irmãos gêmeos. A intervenção do mundo animal tem as mesmas finalidades, uma finalidade de proteção, servindo além disso para projetar nele suas tendências instintivas, descarregando seu sentimento de culpa e superando sua situação de solidão. O duplo aparece aí também como um objeto homossexual, ou seja, como uma escolha narcisista de objeto; no fundo, como só ama a si mesmo, os únicos objetos para os quais pode dirigir suas tendências instintivas são o reflexo de seu próprio eu.

O duplo representa também a mãe, como no mito de Narciso a imagem refletida na água representa também a imagem da própria mãe de Narciso, que foi concebido nas águas de um rio. A voz da ninfa Eco, que reproduz sua própria voz e que fora previamente rejeitada por Narciso devido ao conteúdo incestuoso da situação, representa a voz da mãe, o objeto incestuoso, e a prova do conteúdo latente dessa situação é o castigo sofrido por ambos. A ninfa Eco se transforma em pedra e Narciso morre por ter violado a ordem dos deuses, por ter olhado sua própria imagem. A dupla metamorfose, de

Segundo Freud, Hoffmann utilizou em seus contos outras perturbações do eu que consistem num retorno a determinadas fases da evolução do sentimento egóico, numa regressão a uma época em que o eu ainda não se distinguira nem do mundo externo nem do outro.

O fator da *repetição do semelhante* provoca, sob determinadas circunstâncias, a sensação do *sinistro*, recordando o mal-estar que acompanha muitos sonhos. O mesmo ocorre com o retorno involuntário a um mesmo lugar. O fator da repetição involuntária é o que torna *sinistro* para nós aquilo que, em outras circunstâncias, seria inofensivo, impondo-nos assim a idéia do *nefasto*, do *inevitável*, onde em outros casos teríamos apenas falado de "acaso". Essa impressão do *sinistro* que emerge desse fenômeno da repetição, do idêntico, pode ser derivada da vida psíquica infantil. Como diz Freud, no inconsciente é possível reconhecer o domínio do automatismo de repetição (compulsão à repetição), interior, inerente à própria essência dos instintos e dotado de força suficiente para se sobrepor ao princípio do prazer. A manifestação desse automatismo de repetição é o que confere a certas manifestações da vida psíquica um caráter *demoníaco*, que se revela claramente, por exemplo, nas tendências da criança pequena (jogo) e durante a psicanálise de um neurótico.

Os casos do *sinistro* relacionados com *pressentimentos, superstições* ("mau-olhado"), fundamentam-se no princípio da onipotência das idéias, produto de uma antiga concepção do mundo, do animismo, caracterizado, segundo Freud, pela inclusão de espíritos humanos no mun-

....
Eco em pedra e de Narciso em flor, é a expressão do sentimento de culpa e representa, em última instância, um castigo pelo incesto. Esse horror ao incesto pode ser fonte do *sinistro* diante do aparecimento do duplo.

do, pela supervalorização narcisista dos próprios processos psíquicos, pela onipotência das idéias e pela técnica de magia em que ela se baseia. Expressa-se além disso pela atribuição de forças mágicas a pessoas estranhas e a objetos ("maná") e, finalmente, por todas as criações mediante as quais o ilimitado narcisismo daquele período evolutivo se defende contra a inegável força da realidade. No curso de nosso desenvolvimento, passamos por essa etapa animista, que corresponde ao pensamento dos primitivos, mas essa fase nunca é totalmente *superada*, deixando vestígios capazes de se manifestar em algumas circunstâncias. O que hoje se apresenta para nós como *o sinistro* cumpre o papel de nos fazer evocar esses vestígios de uma atividade psíquica animista, estimulando-a a se manifestar. Essa idéia sobre a origem do *sinistro* já havia sido enunciada por Freud em *Totem e tabu* (1913): "Parece que atribuímos caráter *sinistro* àquelas impressões que vêm a confirmar a onipotência das idéias e o pensamento animista em geral, mesmo quando em nosso juízo racional já nos afastamos deles."

Tudo o que se relaciona com *morte*, *cadáveres*, *aparição de mortos*, *espíritos* e *espectros* parece, para muitos, *sinistro*. Dois fatores explicariam, segundo Freud, o fato de que a atitude diante da morte não se tenha modificado desde os tempos primitivos. Isso se deveria, por um lado, às forças de nossas reações afetivas primárias, somadas, por outro lado, à incerteza de nosso conhecimento científico, razão por que nosso inconsciente resistiria a incorporar a idéia de nossa própria mortalidade. As religiões, a moral do estado, as doutrinas espiritualistas se encarregam de alimentar esse pensamento. Tal como no selvagem, o temor à volta dos mortos se conservou, existindo o medo de que estes se tornem inimigos dos vivos e queiram levá-los consigo. O fato de que isso tenha sido recalcado – condição indispensável para o surgimento do *sinistro* – se deve a que a maioria das pessoas cultas já não acredita que os mortos possam aparecer como espíritos, e a atitude ambivalente com relação ao morto se converteu finalmente, diz Freud, num sentimento de piedade[6].

Pode-se também dizer que um ser vivo é *sinistro* porque se atribuem a ele intenções *malévolas*, intenções que podem se realizar com a ajuda de forças particulares (*gettatore**).

O caráter *sinistro* da epilepsia e da loucura tem a mesma origem, já que o leigo as vê como manifestações de forças insuspeitadas no próximo, mas cuja existência chega a pressentir obscuramente em sua própria personalidade. Por isso, Freud diz que, de forma muito coerente e quase correta do ponto de vista psicológico, a Idade Média atribuía todas as manifestações mórbidas à influência dos *demônios*, e que ele não se surpreenderia se, para alguns, a própria *psicanálise* fosse algo *sinistro*, já que se ocupa de revelar tais *forças secretas*[7].

....

6. Theodor Reik faz um minucioso estudo sobre o caráter *sinistro* dos deuses e cultos alheios, relacionando isto com um ressurgimento das crenças animistas. O deus alheio é *sinistro* porque é um deus de uma antiguidade já superada, que se acreditava vencida, e cuja realidade parece se confirmar em um determinado momento. Ele cita como prova disso a unidade de todas as religiões e dos processos espirituais que lhes servem de base. Suas observações sobre o sentimento anti-semita são de especial interesse. T. Reik, *Religião e psicanálise*, trad. portuguesa.

* Literalmente, "aquele que lança" (o azar, o mau-olhado). (N. da T.)

7. Em seu trabalho sobre uma neurose demoníaca do século XVII [1923], Freud diz: "A teoria demonológica daqueles tempos tenebrosos tem demonstrado ter razão diante de todas as concepções somáticas elaboradas no

Membros seccionados, uma cabeça cortada, a mão separada do braço, membros que dançam sozinhos aparecem como algo *sinistro*, principalmente se chegam a ter uma atividade independente, devido à sua relação com o complexo de castração. Para muitos parece *sinistra* a idéia de serem *enterrados vivos em estado de catalepsia*, mas, como diz Freud, a psicanálise demonstrou que essa terrível fantasia é apenas a transformação de outra que, em sua origem, nada tinha de espantosa: a fantasia de regressão ao ventre materno.

....
período da ciência 'exata': os estados de possessão correspondem às neuroses de nossa era." Em seguida acrescenta: "Os demônios de então são para nós os desejos baixos e maus, os produtos de impulsos que foram rejeitados e recalcados." W. R. D. Fairbairn faz esta interessantíssima consideração que, a meu ver, não destrói a de Freud, mas a completa ao colocar ênfase sobre as relações de objeto: "A peculiaridade do pacto com o Diabo reside no fato de que implica uma relação com um objeto mau. Isso fica perfeitamente claro no vínculo de Cristóvão porque, no fundo de sua depressão, o que queria de Satã, de forma patética, não era o poder de desfrutar o vinho, as mulheres e o canto, mas, em termos do próprio pacto, permissão para *sein leibeigne suhn zu sein* ('estar dentro dele como filho de seu próprio corpo'). Por isso vendeu sua alma eterna, para obter não gratificação, mas um pai, embora este tivesse sido para ele, durante sua infância, um objeto mau. Enquanto seu pai vivia, *a sinistra influência* da figura paterna má que ele internalizara em sua infância estava evidentemente controlada por meio de alguns traços repressores da pessoa real, mas depois da morte do pai ele ficou à mercê do pai mau internalizado, a quem devia aceitar ou, caso contrário, permanecer sem objeto e abandonado." Baseando-nos na teoria deste autor, poderíamos considerar *o sinistro* como a externalização súbita de um objeto mau na realidade ou através da ficção. Fairbairn considera o tratamento psicanalítico o exorcismo dos objetos maus. Um dos propósitos da técnica seria, segundo ele, capacitar o doente a liberar de seu inconsciente os objetos maus "sepultados" que, por serem de início indispensáveis, foram previamente internalizados e recalcados pelo fato de serem intoleráveis. O segundo propósito é a dissolução dos vínculos libidinais que ligam o doente a esses objetos maus até então indispensáveis. O retorno do recalcado seria o retorno dos objetos maus. Em relação ao automatismo de repetição e ao instinto de morte, isso abre novos caminhos para a investigação do *sinistro*.

O caráter *sinistro* da *escuridão*, da *solidão* e do *silêncio* deriva da profunda relação dessas três condições com a angústia da criança pequena, que jamais desaparece por completo, situação esta associada, fundamentalmente, com a dependência e busca de proteção infantis. Sua percepção na realidade evoca as piores situações de perigo sofridas pelo homem durante sua infância.

Deve-se diferenciar – diz Freud – entre *o sinistro* que se manifesta *na realidade*, ou seja, na vida, e aquele que somente é imaginado ou conhecido por meio da *ficção*. Pode-se resumir a situação no primeiro caso dizendo-se que nossas vivências adquirem caráter *sinistro* quando complexos infantis *recalcados* são reanimados por uma impressão exterior, ou quando convicções primitivas *já superadas* parecem encontrar uma nova confirmação. Mas há uma estreita relação entre o recalcado e o superado, já que as convicções animistas estão arraigadas em complexos infantis. Por isso não nos surpreende que se confundam os limites entre uma fonte e outra. No primeiro caso, produz-se o recalque efetivo de um conteúdo psicológico (complexo de castração); no segundo caso, uma abolição ou superação da crença na realidade desse conteúdo (onipotência das idéias).

Para Freud, *o sinistro* na *ficção* – na fantasia, na poesia – merece um exame à parte. O campo do *sinistro* na ficção é mais extenso, e o contraste entre o recalcado e o superado que existe na realidade não pode ser transportado de forma idêntica para o *sinistro* na literatura, pois nesse caso pressupõe-se que seu conteúdo está isento das provas da realidade. A conclusão que se impõe – acrescenta Freud –, e que parece paradoxal, é que muitas coisas que seriam sinistras na vida real não o são na poesia, e, além disso, a ficção dispõe de muitos meios para provocar efeitos *sinistros* que não existem na realidade. No mundo dos contos de fadas abandona-se (e o fazem tanto o autor quanto o leitor) o terreno da realidade, tomando-se abertamente o partido das convicções animistas, realizações de desejos, forças ocultas, onipotência das idéias, animação do inanimado. O fato de que esses efeitos, comuns nos contos, não produzam o sentimento do *sinistro* decorre de que, para despertar esse sentimento, é necessária a dúvida quanto a se o *superado* poderia ser possível na realidade. Mas nos contos de fadas essa questão já está desde o princípio eliminada pelas convenções que regem sua configuração[8]. *O sinistro* na ficção também é evitado quando o poeta, tendo criado um mundo muito menos fantástico do que o dos contos de fada, se afasta do mundo real e admite a existência de seres sobrenaturais, demônios, almas de defuntos. O caráter *sinistro* desaparece na

....

8. Ver Lewis Carrol, *Alice no país das maravilhas. Através do espelho.* Em *Fantasmagoria*, o maravilhoso se soma ao humor.

Com o *sinistro*, sentimento de caráter negativo, devemos relacionar outro de caráter positivo – *o maravilhoso* –, antítese do anterior, que apenas se esboça nos *Cantos de Maldoror*. Esses dois sentimentos, tão opostos do ponto de vista fenomenológico, estão estreitamente relacionados em termos dinâmicos, sendo *o maravilhoso* a superação do *sinistro*. Quando o eu do sujeito é capaz de dominar esse sentimento angustiante, surge o outro como expressão da calma e da superação da angústia. Esse sentimento do *maravilhoso* também se relaciona com o êxtase místico, que representa uma aceitação da castração, da passividade diante do supereu (pai = Deus). Um interessante exemplo do *maravilhoso* experimentado durante um estado oniróide pode ser visto em M. Bonaparte, "Identificación de una hija con su madre muerta". *Revista de Psicoanálisis*, 1946, IV, 2. Ver também o livro de Pierre Mabille, *Le miroir du merveilleux*, Sagitaire, Paris, 1940.

Outra técnica para lutar contra *o sinistro* é o *humor*, que em Lautréamont aparece com um caráter bem específico: é negro e cruel (André Breton e León Pierre-Quint acentuaram bastante esse aspecto).

medida em que se estendem as convenções dessa realidade poética. Adaptando-nos às condições da realidade fictícia do poeta, consideramos as almas, os espíritos e fantasmas como se tivessem uma existência não menos justificada do que a nossa na realidade material. Freud dá como exemplos as almas do inferno dantesco ou os espectros de Hamlet, Macbeth e Júlio César, de Shakespeare, que podem ser muito truculentos e lúgubres mas que, no fundo, são tão pouco *sinistros* quanto o sereno mundo dos deuses homéricos.

Mas muito diferente – insiste de novo Freud – é o caso em que o poeta aparenta situar-se no terreno da realidade comum. Ocorre então que, quando o poeta adota as condições que regem a vida real, qualquer vivência de caráter *sinistro* no âmbito desta terá também esse caráter na ficção. Mas a diferença é que o poeta dispõe de meios para multiplicar esse efeito, criando novas possibilidades do *sinistro* que não existem na realidade, tornando-nos, então, vítimas de nossa superstição, que acreditávamos superada. O poeta nos engana com esse truque, com essa *mistificação*, ao nos prometer uma realidade comum para depois escapar dela, arrastando-nos com ele. Quando nos damos conta disso já caímos na armadilha, o efeito foi alcançado[9].

....

9. "Em todo poeta verdadeiro dorme um mistificador", diz H. Brémond (*La poesía pura*), ao que A. Brincourt acrescenta: "Um poema é uma infinidade de mentiras movendo-se no universo estreito e fantástico da forma. Reconhece-se ali o universo de Satã. O poeta é um cético que, por baixo de seus mais belos impulsos de fervor, exibe o sorriso de Satã. Se o poeta se considerasse enganado por sua obra, deixaria de pensar em si mesmo como um criador, já que é somente a mentira que sustenta esse falso poder divino." (*Satan et la poésie*, Paris, 1946.)

Ao estudar a importância do erotismo oral e sua descarga ou satisfação na criação poética, Brill diz que o poeta (principalmente o moderno) deve ser

Freud protesta contra essa "mistificação" do poeta, ao afirmar que este não alcança um efeito puro, restando então um sentimento de insatisfação, uma espécie de rancor pelo engano forjado, sensação que ele experimentou com especial clareza depois de ter lido o conto *A profecia*, de Schnitzler[10].

Segundo Freud, o literato dispõe ainda de outra técnica que lhe permite esquivar-se de nossa rebelião diante da

....
considerado como o inventor por excelência, já que a poesia nada mais é que invenção. Etimologicamente – acrescenta Brill –, a palavra significa criar, inventar; esse processo é uma atitude normal na criança e patológica no adulto imaturo ou no mentiroso. É por isso que a poesia deve ser relacionada com a atividade da criança e do embusteiro. Ele cita como evidência as idéias de Prescot, que demonstra não só a íntima relação existente entre a poesia e a "pseudologia fantástica", mas menciona também muitos poetas que se caracterizaram, de maneira bem típica, por esse traço de personalidade. Brill acrescenta que os árabes, bem como os europeus, consideravam o poeta um ser infantil. As tendências *orais-sádicas* constituem o centro do qual emana tal atividade. Os poetas padecem de uma fome emocional crônica e necessitam constantemente de alguma gratificação, seja ela material (comida) ou psicológica (sentimento permanente de auto-afirmação). A parte insatisfeita tende a se expressar de forma indireta por meio de suas fantasias. ("La poesía como descarga oral", *Psych. Rev.*, 1931, 84, 357.)

10. O sentimento do *sinistro* também pode ser observado nas artes plásticas, e são provavelmente as obras de Picasso as que mais provocam esse sentimento do espantoso. A mutilação da imagem e sua relação com o complexo de castração explicam a gênese desse afeto de caráter negativo, assim como também as violentas reações que desencadeiam num certo público, que tenta destruí-las pela crítica e inclusive materialmente; foi o que aconteceu, como uma tentativa de negar uma possível mutilação de sua própria imagem. Vê-se aqui não só a intervenção daquilo que foi familiar na infância e depois recalcado, mas também daquilo que foi superado, ou seja, as concepções animistas. Entre nossos pintores, alguns quadros de Batlle Planas e a quase totalidade da obra de Raquel Forner despertam sentimentos e reações semelhantes. Como expressão do sentimento contrário, ou seja, do *maravilhoso*, podemos citar algumas obras de Marc Chagall, tais como *Passeio*, *Aniversário*, em que os sentimentos penosos são vencidos, dando lugar a uma expressão livre e fantástica de afetos de caráter positivo.

"mistificação" anterior e, ao mesmo tempo, melhorar o efeito alcançado. Esse método é deixar-nos *em suspense* durante muito tempo quanto a quais são as condições que regem o mundo por ele adotado. Pode também conseguir o mesmo efeito evitando até o fim, com arte e astúcia, uma explicação decisiva a respeito[11].

Mas essa multiplicidade de meios para alcançar *o sinistro* relaciona-se sobretudo com os conteúdos superados (animismo); aquilo que surge de complexos infantis recalcados (complexo de castração) manifesta-se com menos possibilidades de expressão.

Outro traço distintivo entre *o sinistro* provocado por vivências reais e aquele provocado pela ficção poderia ser enunciado da seguinte maneira: enquanto perante as primeiras costumamos adotar uma atitude sempre passiva, estando submetidos à influência dos fatos, diante das condições criadas pela ficção sentimo-nos à mercê do poeta, mediante o estado emocional em que nos coloca. É justamente essa capacidade de fazer o leitor participar da ação que se desenvolve que mede o talento do escritor. O leitor se sente à mercê dele – é joguete do poeta –, processo que se deve a uma identificação inconsciente entre o personagem da ficção e aquele que lê. Assim, muitas situações que pareceriam provocar o sentimento do *sinistro* não o conseguem, justamente porque não nos identificamos com o herói, ou seja, não nos colocamos no lugar dele. Dessa falta de participação surge, segundo Freud, um dos meios pelos quais se evita o *sinistro*. Outro meio

....

11. Essa técnica, sobretudo a do *suspense*, foi introduzida no cinema para conseguir o efeito de *sinistro*. Lembremos alguns filmes de Alfred Hitchcock, particularmente *Os 39 degraus*.

é, por exemplo, estar a par de algumas circunstâncias prévias, criando-se assim situações de grande comicidade onde aparentemente se poderia produzir espanto. Além disso, diz Freud, até mesmo uma aparição "verdadeira" como a do conto *O fantasma de Canterville*, de Oscar Wilde, perde toda a propriedade de inspirar esse sentimento, pois o poeta se permite ridicularizar e zombar do fantasma.

Depois de destacar os meios empregados para provocar e evitar *o sinistro*, Freud conclui dizendo que isso demonstra a independência que pode haver, no mundo da ficção, entre o efeito emocional (espanto ou riso) e o tema escolhido.

Toda a pesquisa sobre a vida do conde de Lautréamont se viu dificultada por fatores externos, que derivam do prestígio do poeta no seio de sua família e de fontes internas próprias dos pesquisadores, tal como pude comprovar em alguns deles. Apresentarei a seguir os dados que foram considerados inquietantes e estranhos. A vida de Isidore Lucien Ducasse (era esse seu verdadeiro nome) está rodeada de certo mistério, e o caráter *sinistro* que se desprende dela provém de várias fontes. O próprio Lautréamont advertiu do perigo que significava a leitura de seus *Cantos*: "... queira o céu que o leitor, encorajado e sentindo-se momentaneamente tão feroz quanto aquilo que lê, encontre, sem se desorientar, seu caminho abrupto e selvagem através dos lodaçais desolados destas páginas sombrias e cheias de veneno; porque, a menos que empregue em sua leitura uma lógica rigorosa e uma tensão de espírito pelo menos igual à sua desconfiança, as emanações mortíferas deste livro irão embeber-lhe a alma, como a água ao açúcar. Não convém que todos leiam as páginas que seguem; apenas alguns hão de saborear sem perigo este fruto amargo. Por isso, alma tímida, antes de penetrares mais longe em tais paragens inexploradas, dirige teus passos para trás e não para a frente".

O caso Lautréamont foi "recalcado" por sua época, e a maior responsabilidade desse fato recai, sem dúvida, sobre as opiniões de seus primeiros críticos, que chamaram a atenção para o caráter satânico, demoníaco, dos *Cantos de Maldoror.*

Isidore Ducasse (conde de Lautréamont) nasceu em Montevidéu no dia 4 de abril de 1846, durante o cerco dessa cidade, e morreu na época do cerco de Paris, no dia 24 de novembro de 1870, ou seja, aos 24 anos. Escreveu alguns poemas em prosa, os *Cantos de Maldoror* e o *Prólogo* a algumas poesias, que, juntamente com seis cartas, é tudo o que conhecemos dele. Esse extraordinário escritor "foi tomado como estandarte pela geração poética de 1914" e, segundo diz Raymond[12], "assim nascia o movimento *surrealista*, que descartando primeiro Baudelaire e depois Rimbaud, deu prioridade ao gosto pelo escândalo e, para decepcionar as preferências burguesas, escolheu um Lautréamont genial e mitológico, do qual fez um arcanjo enfurecido que lançava blasfêmias numa noite apocalíptica".

O primeiro crítico a se ocupar dele foi León Bloy (1890), que, 20 anos depois da morte do poeta, escreve o seguinte: "Considero um sinal desta época a introdução na França de um *livro monstruoso*, quase desconhecido, os *Cantos de Maldoror*, obra totalmente sem analogia e provavelmente designada a ter ressonância." Bloy crê que

....
12. Marcel Raymond, *De Baudelaire au Surréalisme*, Corréa, Paris, 1933.

o autor morreu num manicômio e ainda duvida de que a palavra monstruoso seja suficiente para qualificar a obra. Faz lembrar – diz ele – um *espantoso submarino polimorfo*, que uma tempestade inesperada teria lançado à praia depois de ter agitado o fundo do oceano. Com essa opinião, León Bloy decidiu o futuro literário dos *Cantos de Maldoror* e desempenhou para sua época o papel de um supereu severo e perspicaz[13].

Rémy de Gourmont (1891) insiste na suposta alienação do conde de Lautréamont: "Se os alienistas tivessem estudado esse livro, teriam qualificado Lautréamont de louco perseguido e ambicioso, que só vê no mundo ele mesmo e Deus, mas Deus o estorva."

Em 1893, Rubén Darío torna-o conhecido na América[14]. Sua informação provém de León Bloy e diz: "Viveu infeliz e morreu louco, escreveu um livro que é único, não fosse a prosa de Rimbaud; *um livro diabólico e estranho, jocoso e uivante, cruel e penoso, um livro em que se ouvem a um só tempo os gemidos da Dor e as sinistras cascavéis da Loucura.*"

"Não aconselharei à juventude que adentre essas negras águas, por mais que nelas se reflita a maravilha das cons-

....
13. É fácil reconhecer no personagem autobiográfico de León Bloy, *El desesperado*, Juan Cain Marchenoire, a sombra de Maldoror. Além disso, o juízo que ele emitiu está incluído nesse romance. A linguagem e até os nomes dos dois heróis, Maldoror = Marchenoire, evidenciam essa influência. O desesperado Marchenoire pode ser interpretado como o desenvolvimento posterior de Maldoror. "Marchenoire grudava a orelha em todas as portas de seu inferno [que poderíamos traduzir por seu inconsciente, simbolizado por Maldoror], para escutar a vinda daquele Deus a quem seus próprios criados iriam massacrar." Afora isso, os nomes de Maldoror e Marchenoire são uma condensação de Mal-Dor e Destino-Negro.
14. Rubén Darío, *Los raros*, 1893.

telações. Não seria prudente para os espíritos jovens conversar muito com esse homem espectral, seja por bizarria literária seja por gostar de manjar novo. Existe um sábio conselho na Cabala: *não se deve brincar de espectro porque se pode chegar a sê-lo*; e se existisse um autor perigoso a esse respeito, sem dúvida este seria o conde de Lautréamont. Que infernal Cérbero raivoso mordeu essa alma lá na região do mistério, antes de vir encarnar-se neste mundo? Os clamores do teófago causam espanto em quem os escuta. Se eu levasse minha musa para perto do lugar onde o louco enjaulado vocifera ao vento, taparia seus ouvidos."

Mais adiante declara que o livro é um breviário satânico impregnado de melancolia e tristeza. "Ainda mais, quem escreveu os *Cantos de Maldoror* pode muito bem ter sido um possesso. Lembremos que certos casos de loucura que hoje a ciência classifica com nomes técnicos no catálogo das doenças nervosas eram e são vistos pela Santa Madre Igreja como casos de possessão que requerem *exorcismo*. O Baixíssimo o possuiu penetrando em seu ser pela tristeza. Deixou-se cair. Aborreceu o homem e detestou a Deus. Nas seis partes de sua obra semeou uma flora doente, leprosa, envenenada."

Rubén Darío traduziu alguns fragmentos de seus *Cantos*, e Leopoldo Lugones[15], influenciado por essa leitura, compõe entre os 20 e 22 anos um poema intitulado "Metempsicose". Quarenta anos depois, esse poeta se suicida. (Aqui começam os dados que condicionam o caráter *sinistro* da pessoa de Lautréamont.) A lenda de Lautréamont começou a alçar vôo e, ao se desenvolver, ganhou

---

15. Leopoldo Lugones, *Antología poética*.

caráter satânico, diabólico, apresentando-o como um possesso ou alienado. Contra essa idéia Gómez de la Serna emitiu uma opinião sagaz ao dizer: "Lautréamont é o único homem que sobrepujou a loucura. Todos nós não estamos loucos, mas podemos estar. Ele, com esse livro, se esquivou dessa possibilidade e a superou."

Em 1924, dois poetas montevideanos, Gervasio e Alvaro Guillot-Muñoz[16], descobriram a certidão de nascimento e dados referentes à vida do pai. Este, que fora chanceler no consulado francês em Montevidéu, estivera ligado antes de seu casamento a uma bailarina, que ao ser abandonada *enlouqueceu e morreu pouco tempo depois*. O padrinho de Lautréamont, Eugenio Baudry, foi *assassinado e teve seu cadáver mutilado* por contrabandistas. E. Montagne, que em 1925 e 1928 consegue mais dados sobre o pai do poeta, *enlouqueceu*. Conheci-o no Hospício de las Mercedes, vítima de graves depressões, onde acabou *se suicidando*. François Ducasse morreu em Montevidéu em 1887. *Nunca falou de seu filho* para as pessoas de seu círculo, acreditando todos que ele morrera durante a guerra de 70. Quando o pai do poeta morreu, as *testemunhas* que assinaram o atestado de óbito foram o dono e um camareiro do hotel, tal como ocorrera com seu filho. A casa onde Lautréamont nasceu foi *demolida* – local hoje ocupado pela Rambla Sur. Antes disso foi o lugar onde a *prostituição* se estabeleceu em Montevidéu, o que alguns relacionam com o cumprimento de uma premonição contida em um de seus poemas, que começa assim: "Fiz um pacto com a prostituição a fim de semear a desordem nas famílias." Um deputado uruguaio, também poeta, apre-

---

16. G. e A. Guillot-Muñoz, *Lautréamont y Laforgue*, Montevidéu, 1925.

sentou no ano de 1926 um projeto que visava dar o nome de Lautréamont a uma rua de Montevidéu; pouco depois *enlouqueceu*. Não se conhece nenhuma imagem gráfica de Isidore Ducasse. Os Guillot-Muñoz descobrem uma na casa de uma parente distante do poeta. Pouco tempo depois, a polícia invade a casa deles por motivos políticos e, entre as coisas, apreende o retrato de Lautréamont. *Tudo foi recuperado menos essa fotografia*. Mas ela tinha sido vista por alguns amigos, entre eles um excelente gravador que pôde reconstruir a imagem. Pouco tempo depois, este *também enlouqueceu*. G. Guillot-Muñoz contou-me que, quando seu amigo mostrou a gravura que fizera aos que tinham visto o retrato, o desacordo foi geral quanto à semelhança, e um deles inclusive tinha *esquecido* completamente tê-lo visto. P. L. Ipuche destaca o fato de que Lautréamont tenha nascido durante o *cerco* de Montevidéu e morrido durante o *cerco* de Paris.

Tudo o que concerne a Lautréamont *desapareceu como por arte de magia*. Quando eu mesmo prossegui a investigação[17] e dei com o paradeiro do *último parente* em Córdoba (República Argentina), causou-me certa impressão encontrar retratos de todos os familiares, *menos do poeta*. Também não havia *nenhuma referência* na correspondência do pai, e somente nos documentos da família obtive um dado muito importante referente à sua *mãe*. Ela morrera um ano e oito meses depois do nascimento de Isidore, e os pais dele tinham se casado dois meses antes do nascimento. Em Montevidéu encontrei com facilidade o atestado de óbito do pai e também seu túmulo; quanto à

....

17. E. Pichon-Rivière, "Notas para a biografia de Isidore Ducasse, conde de Lautréamont", *La Nación*, 14 de abril de 1946. (Incluído neste volume, p. 27).

mãe, depois de grandes dificuldades descobri que *havia sido enterrada somente com seu nome, sem sobrenome*, e que seus restos foram parar sem dúvida na *vala comum, tal como ocorreu com o próprio Lautréamont*. Com base em várias referências que consegui recolher, tenho certeza de que a mãe de Lautréamont *se suicidou*. Quando fui a Córdoba, tive a impressão de que Lautréamont foi considerado por seus familiares como um *possesso*, e que por isso toda a documentação referente a ele foi certamente destruída como num *auto-de-fé*.

O caso Lautréamont parece para muitos *sinistro*, inquietante, por motivos relacionados não só com o conteúdo da obra mas também com alguns aspectos que rodearam sua vida e a investigação sobre ela. O caráter *sinistro* do conteúdo de sua obra se deve ao fato de Lautréamont ter despejado em seus *Cantos* todas as fantasias de seu inconsciente, sendo um caso único na literatura em que se reúnem sinceridade e talento tão grandes. A opinião de Bloy e sua comparação com um "espantoso submarino polimorfo que uma tempestade inesperada teria lançado à praia depois de ter agitado o fundo do oceano" expressam esse derramamento total do inconsciente na criação. A inquietação produzida por sua obra assemelha-se com o que Freud diz a respeito da psicanálise, que para alguns aparece como *sinistra* devido ao fato de que põe em evidência as forças secretas que movem nossa personalidade. *Ou seja, que o inconsciente revelado apresenta o caráter do* sinistro. Quanto aos fatos relacionados com sua vida e circunstâncias que envolveram a busca de dados, *o sinistro* aparece aqui associado com *o superado*, ou seja, que esse sentimento surge da *repetição do semelhante* e aparece como manifestação do animismo superado. O aspecto fantasmagórico de Lautréamont relaciona-se com esses mecanismos. *O sinistro* aparece, pois, condicionado por aquela etapa do desenvolvimento de nosso pensamento, o *animismo já superado* e que volta a se manifestar devido a circunstâncias exteriores que facilitam seu reaparecimento. Mas além desse mecanismo, que é bem típico, devemos considerar que o conteúdo dos fatos repetidos também desempenha um papel importante graças à sua relação com o reaparecimento do temor à castração. A série de casos de alienação ("as sinistras cascavéis da loucura") e suicídio estão intimamente relacionados com esse complexo infantil, e é por isso que a quantidade de *sinistro*, decorrente do revivescimento do recalcado e do superado, confere ao caso Lautréamont uma intensidade tão manifesta.

O sentimento do *sinistro* surge permanentemente durante a leitura dos *Cantos de Maldoror*, e em alguns casos é o próprio Maldoror que experimenta claramente esse estado angustiante. No sétimo poema, a percepção do recalcado que volta a se manifestar (complexo de castração) concentra-se na inscrição que Maldoror deve ler e sobretudo nestas palavras: "Bem sabeis por quê."

O poema começa assim: *"Fiz um pacto com a Prostituição a fim de semear a desordem nas famílias."* Maldoror relata como se produziu esse pacto: "Recordo-me da noite que precedeu estas perigosas relações." Maldoror viu diante de si um túmulo e escutou a voz de um *pirilampo*, grande como uma casa, que lhe disse: *"Vou te iluminar, lê a inscrição, não é de mim que vem esta ordem suprema."* A inscrição dizia: *"Aqui jaz um adolescente que morreu tísico, bem sabeis por quê; não oreis por ele."*

No momento em que Maldoror se dispõe a ler a inscrição, vê uma imensa luz sangüínea, que se espalha pelos ares até o horizonte, e ao mirar esse espetáculo seus dentes batem e seus braços caem inertes. Apóia-se então num muro em ruínas para não cair, e consegue ler a inscrição, jactando-se depois da coragem que é necessária para isso. Nesse instante aparece uma *linda mulher* que se deita aos seus pés. Maldoror, dirigindo-se a ela com semblante triste, lhe diz: "Podes levantar-te." E lhe estende a mão com a qual "o fratricida degola a irmã". O pirilampo ordena-lhe que trate a mulher com uma pedra. Maldoror, intrigado, pergunta por quê, e o inseto responde: "Toma cuidado, és o mais fraco porque eu sou o mais forte, esta mulher se chama *Prostituição*."

"Com lágrimas nos olhos e raiva no coração", sentiu Maldoror nascer nele uma *força desconhecida*. Tomou uma pedra volumosa, com grande dificuldade a levantou até a altura do peito, colocou-a em seguida sobre o ombro e subiu uma montanha até o alto, e das alturas *esmagou o pirilampo*. "Sua cabeça – diz Maldoror – enterrou-se na terra à profundidade da altura de um homem, e a pedra ricocheteou até a altura de seis igrejas, indo cair depois num lago, cujas águas cederam por um instante, cavando um imenso cone invertido. A *calma voltou* à superfície e a luz de sangue deixou de brilhar. A bela mulher exclamou então: 'Ai de mim, que fizeste?' 'Prefiro-te a ele porque tenho piedade dos infelizes; não é culpa tua se a justiça eterna te criou', responde Maldoror. A mulher faz menção de ir embora, e dirigindo-se a Maldoror exclama: 'Virá o dia em que os homens me farão justiça, é só o que te digo. Deixa-me partir, para ir esconder no fundo do mar minha tristeza infinita. Somente tu e os monstros repelentes que fervilham nesses negros abismos não me desprezam; és bom, adeus, ó tu, que me amaste'. Maldoror responde: 'Adeus, adeus outra vez! Hei de amar-te sempre... De hoje em diante abandono a virtude'." *O pacto com a prostituição* tem nesse poema o sentido de um pacto com o vício, com a homossexualidade, com a mãe. Lautréamont constrói esse poema com a técnica do sonho, recorrendo, para expressar seus conflitos, a procedimentos mágico-animistas. O pirilampo, grande como uma casa, representa sua própria consciência, seu supereu, seu pai e talvez, num plano mais profundo, seu próprio pênis. Esse imenso inseto que o ilumina é seu supereu vigilante que lhe faz ver os perigos da sexualidade. Fazendo com que leia a inscrição e ao lhe dizer que não é uma ordem que provém dele, mas uma ordem suprema, introduz o tema de Deus em relação à culpa e ao castigo. A inscrição que diz: "Aqui jaz um adolescente que morreu tísico" representa as conseqüências da vida sexual, mas de uma sexualidade infantil, incestuosa. A doença (tuberculose) representa o castigo por essa sexualidade (castração), idéia geralmente vinculada às conseqüências da masturbação. A inscrição diz apenas: *"Bem sabeis por quê"*, como uma coisa subentendida, conhecida universalmente, e acrescenta: "Não oreis por ele", ou seja, o castigo é inevitável, ninguém pode salvá-lo. A percepção da angústia de castração adquire aqui esse caráter do s*inistro*; "a imensa luz sangüínea que se espalha pelos ares até o horizonte" dá o tom afetivo da situação. A luz vermelha provém do pai, que ilumina e castra (supereu). Maldoror intui o significado da situação, sente-se invadido pelo horror e pelo espanto, seus dentes batem e seus braços caem inertes, em conseqüência da percepção do conteúdo latente da inscrição. *A percepção brusca das possíveis conseqüências do incesto e da castração provoca a sensação do* sinistro. *O braço inerte é a representação das conseqüências da castração, ou seja, a impotência. A rebelião permanente de Maldoror contra o pai tem por finalidade defender-se dele atacando-o.* Nesse poema, a situação perante o pai se expressa até o fim; o assassinato do inseto simboliza o *parricídio* realizado do alto de uma montanha, que simboliza o seio da mãe, lugar onde Lautréamont se iniciou nas práticas do ódio (frustração oral).

No momento em que Maldoror fica impotente aparece uma linda mulher em atitude passiva (inversão da situação real de Lautréamont), a quem Maldoror estende com afeto a mão fratricida. Assim se expressa a permanente situação ambivalente de Lautréamont, o amor e o ódio. Sua preocupação e inquietação *pelo bem e pelo mal* podem ser reduzidas, em última instância, à percepção interna da atuação permanente e dissociada dos instintos de vida e de morte.

O pai, metamorfoseado em inseto, adverte-o novamente do perigo; ele não deve aproximar-se da mulher, e Maldoror, tomado de extraordinária fúria, mata-o, e a luz de sangue – diz ele – deixou de brilhar. Morto o pai, Maldoror teria podido tentar uma relação sexual normal, mas para anular novos perigos de castração escolheu um caminho regressivo. Para não perder de novo a mulher, *identifica-se com ela*, incorpora-a dentro de si. Esse é um dos mecanismos que dá origem a sua *homossexualidade.* Maldoror se comportará a seguir com os adolescentes como teria querido que sua mãe se comportasse com ele. A bela mulher representa a mãe prostituída pelo pai e sua homossexualidade. Maldoror lhe diz: *"Prefiro-te a ele por-*

que tenho piedade dos infelizes", mas prefere-a identificando-se com ela na desgraça, ou seja, *de forma masoquista.*

A mulher diz: "És bom, adeus, ó tu, que me amaste." Maldoror lhe responde: "Adeus, adeus outra vez", ou seja, repete aqui pela segunda vez a situação traumática infantil: a mulher lhe é inacessível genitalmente. O processo de *identificação* expressa-se na frase final do diálogo, em que Maldoror, dirigindo-se à mulher, exclama: *"Hei de amar-te sempre"* – ao que acrescentamos – "porque já estás dentro de mim". *"De hoje em diante abandono a virtude"*, conclui Maldoror. É esse o pacto; a mulher incorporada é a mãe prostituída (o objeto mau), a prostituição, o vadio, a homossexualidade. E a primeira frase, "Fiz um pacto com a Prostituição para semear a desordem nas famílias", adquire assim sentido. A partir desse dia Maldoror abandonou a virtude. O culpado é o inseto, ou seja, o pai (o supereu), situação expressa por Maldoror ao se dirigir à mulher, mas na verdade se refere a si mesmo quando diz: "Não é culpa tua se a justiça eterna te criou."

Maldoror aceita sua homossexualidade aliviando assim sua angústia de castração. Intensifica seu *narcisismo*, sente-se *onipotente* e é então que pronuncia esta frase: "Não é o espírito de Deus que passa: é apenas o agudo suspiro da prostituição, unido aos gemidos graves do montevideano. Filhos, sou eu que vo-lo digo. Então, cheios de misericórdia, ajoelhai-vos; e que os homens, mais numerosos que piolhos, façam longas orações." No poema que acabo de analisar, *o sinistro* é sentido pelo próprio Maldoror, e sua relação com o familiar recalcado (complexo de castração) aparece bem claramente. Em sua elaboração intervém o familiar superado (animismo), que contribui para que o recalcado possa se expressar numa linguagem regressiva mágica.

O sinistro surge no *poema 29*, tanto no herói como no leitor. As fontes desse sentimento giram fundamentalmente em torno do complexo de castração e da angústia relacionada com ele, seja na forma de angústia diante do supereu (consciência) ou de angústia perante a mulher, o destino, Deus, representante do mesmo. O superado (o animismo) se expressa em toda sua desenfreada magnificência, tão própria do gênio poético de Lautréamont.

A ação representa a luta entre *o homem e o fantasma*, entre o eu e o supereu (a consciência). Configura-se assim a situação psicológica própria de um delírio paranóide de observação (influência). Mas essa situação constitui a externalização de outra de caráter intrapsíquico de tipo depressivo, que é anterior e geradora da primeira. Ao estudar a gênese e as manifestações do *sentimento de culpa*[18], Freud refere-se à melancolia dizendo que aqui nos encontramos com um supereu extremamente enérgico, que se encarniça implacavelmente contra o eu como se tivesse se apoderado de todo sadismo disponível. Pode-se afirmar então, de acordo com a concepção do sadismo, ou que o componente destrutivo se instalou no supereu, ou que se voltou contra o eu. No supereu reina então o instinto de morte, instância psíquica que com freqüência consegue levar o eu à morte (isso define a primeira parte do poema).

....

18. S. Freud, "El yo y el ello". *Obras completas*, S. Rueda, tomo IX. Podemos incluir outra frase de Freud, que define a situação psicológica de Lautréamont: "O isso é totalmente amoral, o eu se esforça por ser moral e o supereu pode ser hipermoral e tornar-se tão cruel como o isso. É singular que quanto mais o homem refreia sua agressão contra o exterior, mais severo e agressivo se torna seu ideal do eu, como por um deslocamento e retorno da agressão contra o eu."

Mas – como diz Freud – o eu pode se libertar de seu tirano refugiando-se na mania (frase que define a segunda parte do poema).

Sabemos que o conde de Lautréamont sofria de graves depressões; sua obra é uma elaboração contínua de situações traumáticas desse tipo.

Os *Cantos de Maldoror* são a obra de um melancólico que procura superar sua situação psíquica rebelando-se contra o destino (pai). Segundo Freud, o medo da morte que surge na melancolia somente se explica com base na suposição de que o eu abandona a si mesmo, pois, em vez de se sentir amado pelo supereu, sente-se perseguido e odiado por ele. Viver equivaleria para o eu a ser amado pelo supereu, que aparece aqui como representante do isso (como herdeiro do complexo de Édipo).

O supereu exerce a mesma função protetora e salvadora antes exercida pelo pai e depois pela providência ou destino.

Quando o eu se vê ameaçado por um grave perigo do qual não crê poder se salvar por seus próprios meios, acredita-se abandonado por todos os poderes protetores (herdeiros dos pais e do supereu); então se deixa morrer. Trata-se aqui – acrescenta Freud – da mesma situação que constitui a base do primeiro grande estado de angústia do nascimento e da angústia infantil. Isso se refere àquela situação em que o indivíduo fica separado de sua mãe e perde sua proteção, situação traumática que se viu reforçada em Lautréamont pela perda real da mãe quando tinha um ano e oito meses.

Nesse poema se apresenta a situação psicótica mais clara que existe na obra de Lautréamont. É o delírio de perseguição que sofre *o homem* ao se sentir inelutavelmente acossado por um fantasma amarelo que representa sua própria consciência, seu supereu projetado para o exterior.

O poema começa assim: "Há horas na vida em que o homem, de piolhenta cabeleira, lança, de olhos fixos, olhares selvagens para as membranas verdes do espaço, pois lhe parece ouvir, à sua frente, as *irônicas vaias de um fantasma*. Ele vacila e baixa a cabeça, porque o que ouviu é *a voz da consciência*. Então *se precipita de casa com a velocidade de um louco*, segue na primeira direção que se oferece a seu estupor e devora as planícies rugosas dos campos. Mas o *fantasma amarelo* não o perde de vista e o persegue na mesma velocidade." (A percepção do *duplo*, que aqui representa o próprio supereu, provoca no *homem* a sensação do *sinistro*, semelhante ao que os psicóticos, sobretudo aqueles que padecem de idéias de influência, certamente experimentam ante a eclosão súbita de sua doença. Além disso, o *fantasma amarelo* tem a cor da libido anal. Lembremos também do "fantasma, a obsessão amarela" de Van Gogh.)

"Algumas vezes, numa noite de tempestade, *enquanto legiões de polvos alados*, ao longe semelhantes a corvos, planam acima das nuvens, dirigindo-se de um ramo hirto para as cidades dos humanos, com a missão de *adverti-los de que mudem de conduta, o seixo* de olho sombrio vê, à luz do relâmpago, passarem dois seres, um atrás do outro; e, secando uma furtiva lágrima de compaixão, que corre de suas pálpebras geladas, ele exclama: *'Com certeza, ele o merece, nada mais é que justiça.'* Dito isso, volta à sua atitude retraída, e continua a olhar, com um tremor nervoso, a caça ao homem e os grandes lábios da vagina da sombra, de onde escorrem continuamente, como um rio, imensos espermatozóides tenebrosos, que levantam vôo no éter lúgubre, escondendo, com o vasto desdobrar de suas asas de morcego, a natureza inteira e as legiões solitárias de polvos, que se tornaram sombrias diante dessas fulgurações surdas e inexprimíveis." (O seixo adquire aqui o significado de mãe má. É uma pedra dura, fria, que embora sinta certa compaixão pelo *homem* considera justificado o castigo, a perseguição. A pedra está dotada de grandes lábios, de uma vagina escura [sinistra], e os gigantescos espermatozóides que fluem dela adquirem o mesmo conteúdo persecutório.)

"Mas, enquanto isso, a *steeple-chase** continua entre os dois incansáveis corredores, e *o fantasma lança pela boca torrentes de fogo sobre o dorso calcinado do antílope humano.*" (Perseguição anal.) "Se, no cumprimento de seu dever, encontra no caminho a piedade que quer impedir sua passagem, o fantasma cede com repugnância às suas súplicas e deixa o homem escapar." (Ou seja, no momento em que o supereu do sujeito se apieda do eu, o eu se acalma. O *homem* pode então escapar de seus conflitos de consciência – sentimento de culpa.) "O fantasma faz estalar sua língua, como a dizer para si mesmo que vai cessar a *perseguição*, e retorna à sua pocilga até nova ordem. Sua voz de *condenado* se faz ouvir até mesmo nas camadas mais longínquas do espaço; e quando seus alaridos pavorosos penetram no coração humano, este (*o homem*) preferirá ter a morte por mãe ao remorso por filho. Enterra a cabeça até os ombros nas dificuldades terrosas de um buraco; *mas a consciência volatiliza essa astúcia de avestruz.*" (É impossível escapar, esquivar-se à ação do supereu.)

....
* Em inglês no original. Corrida pedestre, de obstáculos. (N. da T.)

"A escavação se evapora, como gota de éter; a luz aparece, com seu cortejo de raios, como um vôo de maçaricos que se abate sobre as alfazemas; *e o homem reencontra-se diante de si mesmo, de olhos abertos e lívidos* (diante do seu duplo, seu supereu). Eu (Maldoror) o vi dirigir-se para os lados do mar, subir a um promontório recortado e batido pela crista da espuma e, como uma flecha, precipitar-se entre as ondas." (Fantasia de suicídio e regressão ao seio materno: o eu se sente abandonado e perseguido por seu supereu.)

"*Eis o milagre:* o cadáver reapareceu, no dia seguinte, à superfície do oceano, que arrastava até a costa esse destroço de carne. O homem libertava-se do molde que seu corpo havia cavado na areia, secava a água de seus cabelos molhados, e retomava, de fronte muda e baixa, o caminho da vida." (Impossibilidade de fugir à perseguição, nem mesmo com a morte. Fantasia de renascimento com a finalidade de ser castigado de novo. O homem não pode escapar a seu destino ante sua consciência.)

"*A consciência julga severamente nossos pensamentos e nossos atos mais secretos, e nunca se equivoca.*" (É o supereu que, colocado dentro de nós mesmos como consciência, observa todos os nossos atos, conhece tudo e nunca se engana.)

"Como muitas vezes é incapaz de evitar o mal, ela não cessa de acossar o homem como uma raposa, *sobretudo na escuridão.*" (Os olhos de raposa da consciência, que vêem na escuridão, representam a situação do supereu vigilante sobre as tendências inconscientes. Muitos sentimentos de culpa e situações de angústia, que conscientemente não são explicáveis nem justificáveis, estão relacionados com as tendências inconscientes do sujeito. O

supereu age não só de acordo com nossos sentimentos conscientes, mas sobretudo com nossas intenções inconscientes, devido à sua localização, em parte, no próprio inconsciente.)
"*Olhos vingadores*, que a ignorante ciência chama de meteoros, espalham uma chama lívida e passam girando sobre si mesmos articulando palavras de mistério... que ele compreende! Então a cabeceira de sua cama (do *homem*) se quebra com a agitação de seu corpo, esmagado sob o peso da insônia, e ele ouve a sinistra respiração dos vagos ruídos da noite." (Escuridão e silêncio como fonte do *sinistro*. Também a *sinistra* respiração da mãe pesadelo.)
"*O anjo do sono*, também mortalmente ferido na fronte por uma *pedra desconhecida*, abandona sua missão e se eleva novamente aos céus." (Em outros poemas pode-se ver a transformação desse anjo do sono, sua metamorfose em aranha, símbolo do pesadelo para Maldoror. O pesadelo seria *o sinistro* experimentado durante o sono. Num poema onde trata exclusivamente do tema da insônia, Maldoror se pergunta por que não dorme, por que não pode fazê-lo há trinta e três anos. Vê-se que sua insônia está condicionada pelo temor de morrer durante o sono, vítima da sucção da aranha, ou seja, teme o ataque do pesadelo, da mãe sugadora[19]. Além disso, o anjo do sono

....
19. Citemos a esse respeito algumas frases do *poema 50*: "Todas as noites, na hora em que o sono atingiu seu mais alto grau de intensidade, uma velha aranha da espécie grande lentamente tira a cabeça para fora de um buraco existente no chão, num dos cantos do quarto..." "Coisa extraordinária! Eu, que faço retroceder o sono e os pesadelos, sinto-me paralisado na totalidade de meu corpo quando ela sobe pelos pés de ébano de meu leito de cetim. Aperta-me a garganta com as patas e chupa-me o sangue com o ventre.

é mortalmente ferido na fronte por uma pedra desconhecida, símbolo da agressão materna. Essa agressão e o tema da cabeça também devem ser relacionados com o conteúdo das enxaquecas de Lautréamont.)

A situação anterior de um eu submetido a um supereu cruel e perseguidor começa a se inverter. O eu (o *homem*) se sente invadido pelo isso (Maldoror, que despreza as virtudes e vem em defesa do homem), estabelecendo-se assim uma luta encarniçada contra o supereu. A superação da situação depressiva adquire o caráter de um mecanismo maníaco externalizado em forma de situação paranóide. Toda essa situação é então levada a cabo no exterior, como projeção da situação interna. No final, Maldoror, por meio do crime, executado contra a consciência (Deus-pai-supereu), tenta se libertar da opressão de que é vítima, adquirindo uma onipotência ilimitada ao superar sua angústia de castração. Com essa solução maníaca de sua situação melancólica, Lautréamont tentou, mediante a criação poética, livrar-se de suas experiências traumáticas infantis, negando os perigos da realidade e ganhando onipotência (M. Klein)[20]. Além desses mecanismos, Maldoror, ao ingerir o sangue de seu pai (o Criador) e roer sua cabeça, tenta uma nova incorporação e identificação do eu com seu pai onipotente.

....

Com toda a simplicidade! Quantos litros de um purpúreo licor, cujo nome não ignorais, não terá ela bebido desde que realiza a mesma manobra com uma persistência digna de melhor causa! Não sei o que lhe fiz para que proceda assim comigo."

Ver a respeito do pesadelo o interessante artigo de Stephen Schonberger, "Contribución clínica al análisis del síndrome de la pesadilla", *The Psychoanalytic Review*, vol. 33, 1946, n.º 1.

20. Melanie Klein, "Psicogénesis de los estados maniacodepresivos", *Revista de Psicoanálisis*, 1947, V.

Segundo Roheim[21], o final do luto primitivo consiste num simbolismo de matar e devorar a pessoa falecida como repetição do crime edípico. Para Abraham[22], na mania ocorreria o mesmo, representando esta uma orgia canibalística na qual o eu celebra o festival de sua libertação. Freud[23] já havia comparado a mania com a festa totêmica. E se vê que nela o supereu é absorvido pelo eu. Essa identificação com o supereu, de caráter hostil, tem por finalidade sua destruição e a assimilação das partes úteis dentro do próprio eu, com o objetivo de adquirir onipotência. O sentimento de culpa se atenua pelo desaparecimento do supereu, e digo se atenua porque sua presença ainda pode ser detectada no maníaco, seja em sua conduta seja em seus sonhos.

Voltemos agora ao poema.

"*Pois bem, eu* (Maldoror) *me apresento desta vez para defender o homem;* eu, *o que despreza todas as virtudes*: eu, aquele que não pôde esquecer o Criador desde o dia glorioso em que, derrubando do seu pedestal os anais do céu, onde, não sei por que infame trapaça, estavam consignadas *sua* potência e *sua* eternidade, apliquei-lhe *minhas quatrocentas ventosas* por baixo da *axila* e o fiz soltar terríveis gritos..." (A agressão ou, melhor ainda, *o isso* [Maldoror] traz permanentemente na obra de Lautréamont o selo de seu sadismo oral, de seu vampirismo.) "Eles (os gritos) *se transformaram em víboras* que, saindo-lhe pela boca, foram se esconder nos silvados, nas muralhas em

....
21. Roheim (citado por Abraham).
22. Karl Abraham, "Breve estudio del desarollo de la libido a la luz de los trastornos mentales", *Revista de Psicoanálisis*, 1944, p. 274.
23. S. Freud, "Duelo y melancolía", *Obras completas*, S. Rueda, tomo IX.

ruínas, nas emboscadas do dia, nas emboscadas da noite. Esses gritos, agora rastejantes e dotados de numerosos anéis, com uma cabeça pequena e achatada, olhos pérfidos, juraram julgar a inocência humana; e quando esta passeia nos meandros dos matagais, ou por detrás dos taludes, ou nas areias das dunas, ela (a inocência humana) não tarda a mudar de idéia. Isto se ainda houver tempo, pois, às vezes, o homem percebe o veneno que se lhe introduz nas veias da perna, por uma mordida quase imperceptível, antes que tenha tido tempo de arrepiar caminho e passar ao largo" (ataque homossexual. Maldoror, com quatrocentas ventosas aplicadas na axila do Criador, o faz proferir gritos que se metamorfoseiam em serpentes – símbolos fálicos. Ou seja, quanto maior é a agressão praticada contra o pai por um mecanismo de projeção, este adquire um poder agressivo proporcional. Mas aqui a víbora adquire, além de seu simbolismo fálico, outro de conteúdo oral, sugador, envenenador, castrador, relacionado com um poder semelhante ao atribuído à mãe. Em outro poema, a víbora come o pênis de Maldoror e se coloca no lugar dele, representando o fato de que, uma vez castrado pela mãe, ela se coloca dentro dele, ou seja, é incorporada. Talvez a identificação com a mãe tenha o aspecto de uma identificação com uma mãe fálica, com a finalidade de tentar encobrir a castração total)[24].

"É assim que o Criador, conservando um admirável sangue-frio, mesmo nos mais atrozes sofrimentos, sabe retirar de seu próprio seio os germes nocivos para os habitantes da terra. Qual não foi seu espanto (do Criador) quan-

---

24. Sobre o significado feminino e andrógino da serpente, ver C. E. Cárcamo, "La serpiente emplumada", *Revista de Psicoanálisis*, 1943, tomo I, p. 5.

do viu *Maldoror, transformado em polvo*, avançar para o seu corpo as oito patas monstruosas, cada uma das quais, como sólida correia, poderia ter abraçado facilmente a circunferência de um planeta!" (Pouco a pouco, Maldoror vai se sentindo mais forte ante o seu supereu. Suas quatrocentas ventosas, suas patas, que teriam podido cingir a terra, expressam um sentimento crescente de onipotência. Sua metamorfose em polvo se dá a serviço de sua agressão. Essa é uma técnica característica de Lautréamont: disfarçar seu herói para agredir e fugir à culpa, ao passo que em Kafka a metamorfose tem antes o sentido de um castigo.)

"Tomado de surpresa, ele (o Criador) debateu-se por alguns instantes contra aquele viscoso abraço que se estreitava cada vez mais... Eu temia algum golpe baixo de sua parte; depois de me alimentar abundantemente dos glóbulos daquele sangue sagrado, desprendi-me bruscamente de seu corpo majestoso e me escondi em minha morada." (Em outro poema, Maldoror, tendo cometido uma agressão e temendo o castigo, recorre a uma fantasia – muito freqüente em doentes paranóicos – de regressão ao claustro materno – a morada – para escapar à perseguição. Num ato de vampirismo, ele chupou o sangue de seu pai, seu supereu ou o Criador, incorporando-o ao seu eu.)

"Após infrutíferas buscas, ele (o Criador) não conseguiu encontrar-me. Isso ocorreu há muito tempo, mas creio que agora ele sabe onde é minha morada; no entanto, tem a prudente cautela de não entrar lá; vivemos ambos como dois monarcas vizinhos que conhecem as respectivas forças; que não podem vencer um ao outro e estão cansados das inúteis batalhas do passado." (A luta entre o eu e o supereu entrou numa expectativa ansiosa, vigilante. As "inúteis batalhas do passado" representam a luta permanente e estéril de Lautréamont contra sua própria consciência, seu pai, e sua rebelião tem como fonte o contínuo protesto contra o destino, como representante do pai e do supereu.)

"Ele me teme e eu o temo; cada um de nós, sem ter sido vencido, experimentou os rudes golpes de seu adversário; e ficamos nisto. No entanto, estou pronto a recomeçar a luta quando ele quiser. Mas ele que não espere algum momento favorável para realizar *seus ocultos desígnios*. Estarei sempre prevenido, de olho nele. *Que não torne a enviar para a terra a consciência e suas torturas.* Ensinei aos homens as armas com as quais se pode combatê-la com sucesso. Eles ainda não estão familiarizados com ela; mas tu sabes que para mim ela (a consciência) é como a palha levada pelo vento. Tão pouco caso lhe faço. Se quisesse aproveitar a oportunidade que se apresenta para dar sutileza a estas discussões poéticas, acrescentaria que dou mais importância à palha do que à consciência; pois a palha é útil ao boi que a rumina, ao passo que a consciência apenas sabe mostrar suas *garras de aço*. Estas sofreram uma penosa derrota no dia em que se prenderam em mim. *Como a consciência tinha sido enviada pelo Criador, julguei conveniente não me permitir ser impedido por ela.* Se a consciência tivesse se apresentado com a modéstia e a humildade próprias de sua condição, às quais nunca precisaria renunciar, eu a teria escutado." (Ou seja, se seu pai tivesse se apresentado de outra maneira, não hostil, ele teria escutado seus conselhos.)

"*Não me agradava seu orgulho. Estendi uma das mãos e triturei-lhe as garras com os dedos*; elas caíram ao chão como pó, sob a pressão crescente desse novo morteiro. *Estendi a outra mão e arranquei-lhe a cabeça. Expulsei então de minha casa esta mulher, a chicotadas, e não voltei a vê-la nunca mais. Guardei sua cabeça como recordação da minha vitória."* (Cabeça: pênis; pai castrado: mulher. A mulher também representa o outro núcleo do supereu, aquela formação precoce relacionada com a mãe. Uma vez tomados os atributos masculinos do pai, expulsa de seu corpo [casa] o resto [fezes] não metabolizado dentro de seu eu. Isso equivale a se desfazer do objeto mau internalizado. A cabeça também representa, por um deslocamento de baixo para cima, seu próprio pênis, e está associada, sem dúvida, com suas crises de enxaqueca.)

"Na mão trazia uma cabeça, a que ia roendo o crânio; sobre uma perna só, como a garça real, parei à beira do precipício escavado nos flancos de uma montanha." (Essa extraordinária imagem de sadismo oral e onipotência representando o parricídio lhe dá o sentimento de uma segurança absoluta. Mas no próprio ato de roer, de ingerir a cabeça do pai, pode-se ver um trabalho voltado para uma nova reincorporação. Essa frase, por outro lado, é repetida quatro vezes, sem dúvida como um mecanismo de afirmação. Com o crânio do pai na mão, Maldoror lembra Hamlet, mas como é diferente o efeito obtido por cada um! Lautréamont se revela aqui um mestre do *sinistro*.)

"Viram-me descer para o vale, enquanto a pele de meu peito continuava imóvel e calma, como a tampa de um túmulo." (Repete essa frase quatro vezes. Lautréamont utiliza esse mecanismo: repete as frases que são mais traumáticas para ele. Aqui, quer dar provas de falta de angústia e remorsos. O assassinato do pai não o impressionara. O vale simboliza os genitais femininos, ou seja, depois de ter matado o pai pode tentar uma relação sexual.) *"Na mão trazia uma cabeça, a que ia roendo o crânio. Nadei nas*

correntes mais perigosas, contornei os escolhos mortais e mergulhei ainda mais fundo que as correntes, para assistir, como estrangeiro, os combates dos monstros marinhos" (todas estas são provas da potência adquirida depois de anular o supereu). "Afastei-me da costa até perdê-la de minha vista penetrante, e as *cãibras horrorosas, com seu paralisante magnetismo*, rondavam-me os membros, que cortavam as ondas com robustos movimentos, sem ousarem aproximar-se." (As cãibras, representadas como seres, são uma nova simbolização de seu supereu projetado para o exterior. Ele sente sua aproximação, mas as cãibras não se atrevem a chegar; ele é poderoso. O tema da cãibra aparece com freqüência em Lautréamont. Após começar alguns de seus *Cantos* tem cãibras nas mãos – cãibra dos escritores –, como manifestação de sua inibição devido ao conteúdo latente do que procura expressar. É a consciência, o supereu, que o impede de continuar escrevendo[25].)

"Viram-me voltar para a praia são e salvo, enquanto a pele de meu peito continuava imóvel e calma, como a tampa de um túmulo. Na mão trazia uma cabeça, a que ia roendo o crânio; *galguei caminho pelos ascendentes degraus de uma elevada torre*" (fantasia de potência). "*Cheguei de pernas cansadas à plataforma vertiginosa. Contemplei os campos, o mar. Olhei o sol, o firmamento. Empurrando com o pé o granito que não retrocede, desafiei a morte e a vingança divina com um grito supremo e precipitei-me, como uma laje, na boca do espaço.*" (Fantasia de coito, suicídio e regressão ao seio materno, como um

---

25. Lautréamont faz referência às cãibras ao começar o segundo canto, *poema 16*: "Colho a pena para construir o segundo canto... Mas o que acontece com meus dedos? As articulações ficam paralisadas nem bem começa meu trabalho. No entanto, preciso escrever."

desafio ao pai castrador, o sol. A boca do espaço inclui um elemento oral, e provavelmente a fantasia de regressão ao seio materno tenha o significado de uma reincorporação oral ao organismo da mãe. Seria a inversão da situação ante a perda da mãe e a reincorporação do objeto perdido. A frase que diz "do alto de uma torre, *empurrando com o pé o granito que não retrocede*" adquire o seguinte significado: a pedra, como já vimos, simboliza a mãe, que por "não ter cedido" às suas tendências empurrou Lautréamont para sua situação depressiva.)

"Os homens escutaram o choque doloroso e retumbante, produzido pelo *encontro do chão com a cabeça da consciência, que eu ao cair soltara.*" "Viram-me descer, com a lentidão de um pássaro, transportado por uma nuvem invisível, e *recolher a cabeça* para forçá-la a ser testemunha de um triplo crime que *eu ia cometer nesse mesmo dia.*" (Maldoror, ao se atirar ao espaço, abandona a cabeça [consciência], que se choca contra a terra. Ao matá-la novamente [o pai] sente-se mais onipotente ainda e tem em seguida uma fantasia de vôo que, como nos sonhos, tem o significado de ereção [potência], mas volta a pegar a cabeça "para forçá-la a ser testemunha de um triplo crime". Mas por que Maldoror necessita da presença de seu supereu como testemunha para cometer um triplo crime? É porque seu crime tem o caráter de uma vingança dirigida contra a mãe, e seu sadismo só será satisfeito se o pai presenciar o ato com um duplo mecanismo. Por outro lado, é uma forma de trair a si mesmo, e os sentimentos de culpa expressos no *poema 30* são justamente as conseqüências da presença dessa testemunha [o supereu], que não é o que ele havia desejado, mas que foi impossível evitar.)

"Enquanto a pele de meu peito continuava imóvel e calma, como a tampa de um túmulo! *Trazendo na mão uma cabeça, a que ia roendo o crânio, dirigi-me para o lugar onde se erguem os postes que sustêm a guilhotina.* Coloquei debaixo do cutelo a graça suave dos colos de *três donzelas*. Executor das grandes obras, larguei a corda com a aparente experiência de uma vida inteira, e o aço triangular, caindo obliquamente, cortou três cabeças que me olhavam com doçura." (Representa o assassinato da mãe. A frase: "A pele de meu peito continuava imóvel e calma, como a tampa de um túmulo" representa uma identificação com a mãe morta, que não teve remorsos em abandoná-lo quando criança – abandono oral do peito.) *"De imediato coloquei então a minha* sob a pesada lâmina, enquanto *o verdugo* se preparava para cumprir seu dever. *Por três vezes desceu o cutelo* pelas ranhuras com renovado vigor, e *por três vezes meu esqueleto*, sobretudo no lugar do pescoço, foi abalado até os alicerces, como quando *em sonho imaginamos ser esmagados por uma casa que desaba.*" (Aquilo que na realidade ele parecia ter evitado [a castração] denuncia-se, no entanto, em sua comparação. O ser esmagado por uma casa que desaba representa o desabamento de seu próprio corpo, situação que num *plano genital simboliza a castração*. Por isso a casa é também a mãe desabada – morta – que o arrastou para a neurose devido à sua perda[26].)

....

26. Essa vivência onírica de desabamento pode ser relacionada também com a vivência de fim de mundo ou sentimento catastrófico que caracteriza as esquizofrenias de começo agudo. É, como se sabe, o resultado de uma frustração brusca das cargas libidinosas e dos objetos do mundo exterior e uma liberação dos instintos destrutivos que agem dentro do próprio eu. Sua projeção ao exterior configura essa vivência tão característica. A destruição do próprio esquema corporal representa também a destruição da mãe,

"*O povo, estupefato*, deixou-me passar para que eu me *afastasse desse lugar fúnebre; viram-me abrir caminho com a cabeça levantada, enquanto a pele de meu peito continuava imóvel e calma como a tampa de um túmulo.*"

A guilhotina e seu entorno – lugar fúnebre – simbolizam o genital feminino com caráter do *sinistro*, castrador. Maldoror põe à prova três vezes (três coitos) sua invulnerabilidade. O número três, usado tão freqüentemente por Lautréamont em seus poemas, é um símbolo do genital masculino em relação aos três elementos que o integram. É por isso que ele tem de fazer três tentativas correspondentes a cada um dos três elementos, e cometer três crimes contra a mulher, dado o triplo perigo que ela representa. Num plano mais profundo, além do assassinato da mãe má, pode representar uma tentativa de matar sua própria homossexualidade baseada numa identificação com a mãe.

Essa prova é superada conscientemente, mas a repercussão inconsciente que ela tem com respeito à angústia de

....

já que este esquema se elabora de acordo com as identificações precoces com esse objeto. O sentimento do *sinistro* é muito freqüente entre as pessoas que estão a ponto de enlouquecer ou nas que, já tendo começado um processo psicótico, existe ainda um exame da realidade, às vezes parcial e transitório, mas suficiente para perceber o caráter insólito dos sintomas, sobretudo aqueles de natureza alucinatória. (Ver E. Pichon-Rivière, em "Contribución a la teoría psicoanalítica de la esquizofrenia", *Revista de Psicoanálisis*, IV, 1, 1946.) Na literatura há muitos exemplos, mas um dos mais surpreendentes é um conto de Jean-Paul Sartre intitulado *La chambre*, em que o personagem feminino procura recuperar seu esposo, que sofre uma psicose, identificando-se com ele e participando dos mesmos sintomas. O personagem, e sobretudo o leitor, experimenta o sentimento do *sinistro* cada vez que as provas da realidade se manifestam representadas pelos pequenos acontecimentos da vida diária, evidenciando-se assim a luta desesperada dessa mulher, que deve escolher entre adaptar-se à realidade e perder psiquicamente seu marido ou identificar-se com ele, introjetando-o, e configurando uma *folie à deux*.

castração está demonstrada por analogia com o sonho do desabamento.

A situação psíquica dessa frase final pode ser resumida da seguinte maneira: "Viram-me abrir caminho (coito) com a cabeça levantada (ereção) enquanto a pele de meu peito continuava imóvel e calma como a pedra de um túmulo (sem sentimento de culpa, sem angústia, sem remorsos, tal como creio ocorreu com minha mãe quando me abandonou)." Enunciado que deve finalmente ser invertido: "Porque estava sem angústia pude ter ereção e realizar o coito."

A estupefação do povo era a projeção de sua própria estupefação ante a prova que tenta realizar na fantasia. Na frase final do poema, essa estupefação começa a ser elaborada no sentido de uma dúvida sobre a eficácia da defesa do homem (o eu submetido ao supereu) realizada por Maldoror (o eu a serviço do isso). *"Dissera que queria desta vez defender o homem*, mas temo que minha apologia não seja expressão da verdade; por isso, *prefiro calar-me*. Será com gratidão que a humanidade aplaudirá esta medida."

Percebe-se como sua onipotência se desvanece, sentindo Maldoror de novo a presença do sentimento de culpa. O *poema 30*, último do *Canto II*, representa o desenlace e o fracasso da tentativa anterior.

"Já é tempo de apertar os *freios à minha inspiração* [recalque] e deter-me na estrada por um instante, como quando *se contempla a vagina de uma mulher* [lugar sinistro]; é bom examinar o caminho percorrido e *se lançar depois, com os membros descansados*, de um salto impetuoso [tentar uma nova superação]. Não é fácil fazer uma caminhada de um só fôlego, e as *asas se cansam* muito num vôo elevado [impotência], sem esperança e sem remorso. Não..., não conduzamos mais ao fundo a feroz matilha das picaretas e escavações através das minas explosivas deste canto ímpio! [A exploração de seu inconsciente.] O crocodilo [Maldoror] não mudará uma palavra ao vômito que lhe saiu de sob o crânio [seus *Cantos*]. Tanto pior se alguma sombra furtiva [o pai – o supereu], excitada pelo objetivo louvável de vingar a humanidade, injustamente atacada por mim [agressão], abrir sub-repticiamente a porta de meu quarto [seu eu], roçando a parede como a asa de um albatroz, e cravar um punhal nas costas [castração – ataque homossexual – perseguição] do salteador dos destroços celestes! [Ladrão dos restos do naufrágio do pai.] É indiferente que a argila dissolva seus átomos dessa ou de outra maneira." (Tanto faz morrer desta ou de outra maneira. Maldoror se sente mais uma vez perdido e se expõe então passivamente ao sacrifício, à castração, vítima de seu sentimento de culpa.) Da repetição dessa situação surge o caráter sinistro de seu destino.

Aos cem anos da morte de Lautréamont.
Os cantos de Maldoror

(Análise psicanalítica do poema IX do *Canto I*)

Meu interesse pela obra de Lautréamont coincide com o começo de meu interesse pela psicanálise. Embora conhecesse os *Cantos*, o encontro com Edmundo Montagne, poeta uruguaio internado no Hospício de las Mercedes por uma forte depressão, foi decisivo. Nosso diálogo se orientou imediatamente para o conde de Lautréamont, já que experiências semelhantes levavam nós dois a uma intensa identificação com ele. Nossa amizade terminou tragicamente com o suicídio de Montagne.

Abalado com esse fato, que reforçava a "lenda negra" de Lautréamont, centrei meus esforços no propósito de superar o sinistro por meio da descoberta das chaves ocultas nos *Cantos*. Estes foram analisados como se se tratasse do material emergente em sucessivas sessões analíticas, como a crônica do mundo interno de Ducasse.

Meu trabalho resultou num ciclo de conferências, cujos textos compuseram um livro, no ano de 1946, por ocasião do centenário do nascimento de Ducasse. Foi necessário que transcorresse um período equivalente ao da vida de Lautréamont para que me decidisse, no centenário de sua morte, a publicar um fragmento dessa análise.

Esse poema, cujo tema é o "Oceano" (o nono do *Canto I*), torna manifesta, mais do que outros, a influência que o romantismo inglês exerceu sobre Lautréamont. Ele admirava profundamente Byron e Shelley, mas sobretudo o primeiro, de quem tratou de tomar não só aspectos de sua poesia, como de imitar suas atitudes e posturas. O poema é fruto da elaboração de fantasias e experiências reais de sua primeira infância e é fácil perceber nele alusões a determinados acontecimentos históricos ocorridos nessa época. Imagino o menino Isidore Ducasse contemplando, do terraço de sua casa, muito próxima ao rio, a imensidão do grande estuário, como ele chamava o rio da Prata, povoado de embarcações estrangeiras durante o cerco de Montevidéu[1]. Isidore Ducasse perdera sua mãe quando tinha um ano e oito meses; segundo alguns, ela se suicidara[2]. Seu pai, François Ducasse, chanceler da

....

1. O clima sádico e traiçoeiro do cerco, com suas decepções, suas lutas intestinas, suas cruéis façanhas de degolas e esquartejamentos, configurou as primeiras experiências e a concepção de vida de Ducasse. Quantas vezes terá escutado contar o martírio sofrido por Mirquette e Etcheverry nas mãos das forças de Oribe e Rosas: "Despojados de suas roupas – diz um cronista – receberam um golpe de lança e depois os fizeram desfilar nus pelo acampamento, onde foram objeto dos maiores ultrajes. Em seguida tiveram seus pés e mãos atados, seus corpos foram abertos longitudinalmente, arrancaram-lhes as entranhas e o coração e os mutilaram de forma vergonhosa. Arrancaram-lhes pedaços de pele das costas para fazer maneias de cavalos e, por fim, cortaram-lhes a cabeça e os deixaram expostos no meio do campo."

2. Essa morte trágica, vivida como abandono, constituiu para Isidore uma perda irreparável, fonte de todo seu ressentimento. O silêncio com que envolveram a morte (a mãe foi enterrada somente com seu nome de batismo) configurou para o conde um "mistério familiar". Nesse sentido, é significativo o relato de seus colegas do Liceu de Tarbes sobre o entusiasmo de Ducasse pela tragédia de Édipo, e sua queixa de que Jocasta não morrera diante dos olhos dos espectadores, como expressão inconsciente de seu desejo de indagar sobre o segredo da morte de sua mãe, manifesta, mais uma vez, a intensidade de seu ressentimento.

legação francesa, foi um homem muito ativo e bem relacionado com os grupos políticos e literários, o que o mantinha permanentemente fora de casa. À noite, sua residência era um local habitual de reuniões; relatos do dia, crônicas de comportamento da legação francesa, intrigas diplomáticas, eram os temas constantes dessas tertúlias. Tais circunstâncias fazem supor que Lautréamont passou os primeiros anos de sua infância nesse caos e abandono, numa solidão quase absoluta. Suas brincadeiras e fantasias giravam em torno dos relatos do cerco, cujo clima geral deve ter coincidido com a crônica feita por Alexandre Dumas a pedido do governo de Montevidéu. Nessa solidão, compensada por uma rica fantasia, ele travou uma estreita amizade com o rio, seu Oceano do poema, projetando nele as fantasias de seu mundo interior.

Esse poema tem uma configuração harmoniosa e equilibrada, e seu ritmo, com a reiteração de determinados temas, parece imitar o balanço das ondas. A ordem que encobre um caos subjacente não consegue, contudo, controlá-lo completamente. Os aspectos bons e idealizados de seus objetos internos, projetados sobre o Oceano, predominam nessas fantasias. Aspectos parciais da mãe, do pai, dele mesmo e de seu grande amigo Dazet se alternam e se misturam no texto. Mas acima de todos se destaca este último, personificação de todas as suas amizades anteriores, reais e fantasiadas. Dazet foi seu colega no Liceu Imperial de Tarbes durante os anos de 1860, 61 e 62. Lautréamont tinha 14 anos quando se deslocou diretamente de Montevidéu para esse colégio. Ali, ligou-se fortemente a seu amigo, que figura, tempos depois, na dedicatória do prólogo às poesias do conde. Lautréamont o mostra como o personagem principal, de forma explícita, já que aparece com seu próprio nome na edição do primeiro canto (1868), época em que o próprio Ducasse assinava com três asteriscos. Na edição completa, publicada no ano seguinte, o autor sai parcialmente do anonimato; assina seu livro com o pseudônimo conde de Lautréamont, e o nome de Dazet assim como sua imagem são metamorfoseados de diversas maneiras. O primeiro canto de Maldoror, publicado separadamente e enviado a um concurso literário de 1868, é um poema no qual – como diz Manreaus – o espírito do mal (Maldoror) recusa a ajuda do espírito do bem (Dazet). Este foi, sem dúvida nenhuma, o amigo mais íntimo que Lautréamont teve; todas as figuras de adolescentes que aparecem depois, sob diferentes nomes, como Loengrin, Elsenor, Reginaldo, Mário, Leman, etc., mas sobretudo Mervyn, representam seus duplos, assim como também objetos de amor em um vínculo homossexual. Parte do imenso bestiário de Lautréamont, 185 tipos de animais diferentes, escolhidos para desempenhar funções específicas, conforme estudo de Bachelard, são personificações ou, melhor dizendo, animalizações de Dazet, tais como o polvo de olhar sedoso, o rinoceronte, o urso-marinho, o sapo, o ácaro *Sarcoptes* que produz a sarna, etc. As metamorfoses sucessivas de Dazet continuam ao longo de todos os cantos, e o assassinato de Mervyn (última representação deste) pelas mãos de Maldoror representa o desenlace, na fantasia, de uma relação frustrada.

A estrutura do poema do "Oceano" apresenta características especiais; a primeira parte é um prólogo que enuncia os temas básicos da fantasia em questão; seguem-se então 10 fragmentos que começam e terminam com uma frase reiterada: "Velho Oceano, eu te saúdo, velho Oceano." Essa repetição nos mostra a sucessão de tentativas de elaborar situações inconscientes, penosas, de caráter depressivo, por meio do mecanismo que Freud descreveu com o nome de automatismo de repetição.

O poema começa assim: "Proponho-me declamar, sem me emocionar, de viva voz, a estrofe séria e fria que ides ouvir. Quanto a vós, prestai atenção ao que ela contém e defendei-vos da penosa impressão que ela certamente deixará, como uma afronta, em vossas imaginações perturbadas. Não credes que estou a ponto de morrer, pois não sou ainda um esqueleto, e a velhice não aderiu ainda à minha fronte; não vejais diante de vós mais do que o monstro, cujo rosto, felizmente, não conseguis distinguir; entretanto, ele é menos horrível que sua alma. Não sou, porém, um criminoso. Não faz muito tempo voltei a ver o mar e pisei a ponte dos barcos, e minhas recordações estão vivas como se o tivesse abandonado ontem." Em seguida ele aconselha o leitor imaginário, personificação de alguns dos aspectos de Dazet, a se manter calmo como ele, não envelhecer ao contemplar o triste espetáculo do coração humano. Lautréamont se dissocia aqui: uma parte dele é personificada por Maldoror (sua maldade); a outra parte, seus aspectos bons, é projetada sobre a imagem de Dazet. Sua referência ao esqueleto, à velhice, ao seu aspecto monstruoso e à sua alma mais horrível ainda, é expressão de sentimentos de culpa reavivados. Dizer que voltou a ver o mar, o Oceano, o estuário, tal como se o tivesse visto ontem, é uma forma de restabelecer a continuidade no tempo; a experiência depressiva. Para não se destruir, divide-se e procura preservar aspectos próprios por intermédio de Dazet. Mas esse mecanismo parece fracassar, já que teme ser tomado por criminoso, que seu duplo se intranqüilize, que se envergonhe e seja vítima de uma afronta, produto da impressão penosa numa imaginação perturbada. O mecanismo de dissociação paranóide fracassa como tentativa de fugir à depressão na qual seus dois aspectos, o bom e o mau, vão se juntar, surgindo assim a vivência de luto e catástrofe.

Esse prólogo continua assim na primeira versão: "A Dazet, tu, cuja alma é inseparável da minha, tu, o mais lindo dos filhos da mulher, embora ainda adolescente; tu, cujo nome recorda o maior amigo de juventude de Byron, tu, em quem residem nobremente, como em sua morada natural, por comum acordo e com indestrutível laço, a doce virtude comunicativa e as graças divinas. Por que não estás tu comigo, teu ventre de mercúrio contra meu peito de alumínio, sentados os dois nalgum rochedo da costa, a contemplar este espetáculo que adoro?" Nesta primeira versão, Lautréamont expressa sua saudade de Dazet, "sua alma inseparável da minha"; isso constitui uma fantasia ou vivência básica, característica da relação de Maldoror com os demais objetos. Ele se divide ou se dissocia, como vimos, em Maldoror e o Outro, seu Duplo, imagem especular representante da Outra Parte depositada em objetos sucessivos por meio do mecanismo de identificação projetiva. A presença desse Outro (*alter ego*) é permanente em seus cantos, como, por exemplo, no episódio de Elsenor e Reginaldo: "Um arcanjo baixou do céu e, mensageiro do senhor, mandou que nos convertêssemos numa aranha única e viéssemos todas as noites chupar teu sangue." O destino dessa parte de Lautréamont, suas vicissitudes, suas diferentes aparências e finalmente sua aniquilação configuram a fantasia final, que é simultaneamente criminosa e suicida.

Maldoror diz: "Por que não estás tu comigo, sentados os dois nalgum rochedo da costa, a contemplar este espetáculo que adoro?" Na versão definitiva do poema, Dazet, convertido em polvo, integra a fantasia do Oceano. "Ó, polvo de olhar sedoso; tu, cuja alma é inseparável da minha; tu, o mais belo dos habitantes do globo terrestre, que comandas um harém de quatrocentas ventosas." As quatrocentas ventosas representam a força de sucção projetada no objeto. O polvo – Dazet – simboliza a força da necessidade e da saudade. A partir desse prólogo, começa o desenrolar das 10 partes do poema, como 10 tempos ou 10 atos de um mesmo drama, que se repetem. O diálogo se restabelece; os personagens são agora o próprio Maldoror e o Oceano, personagem este de caráter múltiplo, já que integra vários aspectos projetivos, tais como a mãe, o pai, Dazet, pessoas e objetos independentes ou partes do próprio Maldoror. O mundo interno se restabeleceu; a fantasia do Oceano é a própria fantasia de seu mundo interno; o diálogo se restabelece e o que se segue, o drama, será uma tentativa de elaborar esse caos interno.

O primeiro fragmento começa assim: "Velho Oceano de ondas de cristal." Essa alusão às ondas de cristal representa um elemento importante, pois se trata da simbolização da visão interior, o *insight*, que lhe permite ver e construir a fantasia de seu mundo interno. O que vê é uma enorme massa, o peito, machucado e arroxeado, ou seja, golpeado e destruído. Diante dessa visão interior, Maldoror diz: "por isso, à tua primeira vista, um prolongado sopro de tristeza, que pensaríamos ser o murmúrio de tua brisa suave, passa deixando marcas indeléveis na alma profundamente comovida; e trazes [dirige-se aqui à mãe internalizada] à memória de teus amantes, sem que nunca o percebam, os rudes começos do homem [ou seja, o nascimento], quando trava conhecimento com a dor que não mais o abandona". A visão interior de seu mundo machucado e destruído e a saudade do claustro materno são os elementos que constituem a fantasia inconsciente com que o poeta construiu esse primeiro fragmento.

A segunda parte começa assim: "Velho Oceano, tua forma harmoniosamente esférica, que alegra as feições graves da geometria." A visão de seu mundo interior mudou; a forma harmoniosamente esférica é a visão de um seio idealizado e que "alegra as feições graves da geometria". A alusão à geometria se torna compreensível na sua relação com o seio e a lactação por meio de um dos poemas do segundo canto, que diz assim: "Ó, severa matemática! Não te esqueci desde que tuas sábias lições, mais doces que o mel, se infiltraram em meu coração como uma onda refrescante; instintivamente, desde o berço, desejava beber em tua fonte, mais antiga que o sol, e continuo ainda a deambular pelo sagrado vestíbulo de teu templo solene, como o mais fiel de teus iniciados. Havia um vazio em meu espírito, algo espesso como fumo; mas consegui subir religiosamente os degraus que conduzem a teu altar, e dissipaste aquele véu obscuro, tal como o vento dissipa a fumaça. Colocaste em seu lugar uma frieza excessiva, uma consumada prudência e uma lógica implacável. Ajudada pelo teu leite fortificante, minha inteligência desenvolveu-se rapidamente, tomando imensas proporções, no meio daquela deslumbrante clareza com que presenteias, com prodigalidade, aos que te amam com amor sincero. Aritmética! Álgebra! Geometria!"

"Na minha infância, aparecestes a mim numa noite de maio, à luz da lua, num prado verdejante, nas margens de um límpido regato, todas as três iguais em graça e pudor, todas as três cheias de majestade, como rainhas. Destes uns passos na minha direção, com vosso longo vestido, que flutuava como um vapor, e me atraístes às vossas altivas tetas, como a um filho abençoado. Precipitei-me então sem demora, de mãos crispadas no vosso branco pescoço. Alimentei-me, reconhecido, do vosso maná fecundo, e senti que a humanidade crescia em mim, tornando-se melhor."

"Agradeço-vos os inumeráveis serviços que me haveis prestado. Agradeço-vos as singulares qualidades com que enriquecestes a minha inteligência. Sem vós, talvez tivesse sido vencido em minha luta contra o homem."

"Com a ajuda dessa terrível auxiliar vim a descobrir na humanidade, nadando para a costa, diante do recife do ódio, a negra e horrenda maldade, afundada entre miasmas deletérios, contemplando o próprio umbigo. Fui o primeiro a descobrir, nas trevas de suas entranhas, esse vício nefasto, o mal, nela superior ao bem. Com essa arma envenenada que me cedestes, arranquei de seu pedestal, construído pela covardia do homem, o próprio Criador! Ele rangeu os dentes e suportou essa injúria infamante porque tinha por adversário alguém mais forte do que ele."

Essa fantasia de incorporar um seio bom e idealizado, coexistindo com a de ter internalizado outro, de caráter mau e persecutório, tem como resultado vivências e atitudes particulares. Lautréamont diz: "No entanto, em todos os séculos o homem se julgou belo; creio porém que o homem só acredita em sua beleza por amor próprio; não é belo realmente e o suspeita; se não, por que olha ele com tanto desprezo para o rosto de seus semelhantes?" A fantasia de um seio idealizado interno, não assimilado, traz como resultado a vivência da própria beleza. Mas, como ele mesmo diz, é antes por amor próprio, que é o amor por esse objeto interno e de caráter narcisista. O desejo de propriedade e preservação permanente cria sentimentos de desconfiança internos e externos; aparece então o temor de ter de compartilhá-lo, e o desprezo, contraparte dessa desconfiança, é o resultado da situação em que o eu, em plena posse desse objeto interno, se sente onipotente diante dos demais e considera estar acima deles. O orgulho é isso. Daí a onipotência narcisista de Maldoror – Lautréamont se origina nessa fantasia. A onipotência, o orgulho, a desconfiança, a rebeldia e a luta contra o pai pela posse exclusiva desse objeto (a mãe) são os traços mais característicos de Maldoror.

O terceiro fragmento do poema começa assim: "Velho Oceano, és o símbolo da identidade, sempre igual a ti mesmo." Como continuação da fantasia anterior, percebemos a expressão do desejo de conseguir uma identidade com o tempo, uma situação de paz e felicidade interior. Maldoror percebe, no entanto, que embora em outras partes, em algum lugar distante, as ondas do Oceano podem ser furiosas, continua, em sua relação direta com ele, na maior calma. Em sua visão interior, percebe a possibilidade de ser invadido novamente por essas ondas furiosas, as ondas furiosas de sua agressão, que colocam em perigo a integridade do objeto interno. Emerge o perigo subjacente de uma nova depressão, de uma nova destruição e fragmentação desse objeto. O impulso à reparação e ao estabelecimento de um objeto interno integrado está na base de todo impulso criador.

A quarta parte do poema diz assim: "Velho Oceano, não seria nada impossível que em teu seio ocultes futuras utilidades para o homem. Já lhe deste a baleia, não deixas que os olhos ávidos das ciências naturais adivinhem facilmente os mil segredos de tua íntima organização." A fantasia que subjaz aqui está em relação direta com a anterior. A curiosidade que a criança sente pelo seio e depois pelo corpo da mãe, e suas fantasias de penetrá-lo, constituem a base do impulso epistemofílico. Lautréamont, segundo testemunho de seus colegas, tinha um grande interesse pelas ciências naturais. A vivência de um seio com futuras utilidades e idêntico a si mesmo, com limites precisos, termina por configurar essa fantasia de um seio idealizado, fantasia universal que se estrutura durante o desenvolvimento da criança e à qual se recorre em situações de perigo, sejam elas internas ou externas.

A quinta parte diz: "Velho Oceano, as diferentes espécies de peixes que alimentas não juraram fraternidade entre si." Assim, Maldoror alude ao problema dos ciúmes e da rivalidade. "Cada espécie vive em seu canto; cada homem vive como um selvagem em seu covil, raramente sai dele para visitar seu semelhante, igualmente acaçapado num outro covil. A grande família universal dos humanos é uma utopia." Aqui Lautréamont afirma, sem conseguir explicá-lo conscientemente, seu próprio isolamento, sua situação de estrangeiro na terra, a rivalidade e os ciúmes entre os homens, a desconfiança. Maldoror é um homem permanentemente acaçapado em seu covil, pronto para sair dele e atacar seus semelhantes, nos quais depositou sua própria desconfiança. Ao tentar explicar essa situação, diz: "Além disso, do espetáculo de tuas mamas fecundas se depreende a noção de ingratidão; porque se pensa imediatamente em todos esses numerosos pais, tão ingratos com o Criador que abandonam o fruto de sua miserável união." Lautréamont não pode ser mais explícito; o espetáculo do mar com suas mamas fecundas desperta nele o sentimento ante a ingratidão dos pais (os numerosos pais) que abandonaram o filho (o fruto de sua miserável união). Lautréamont foi, de fato, abandonado – assim vive a criança a morte de sua mãe, como um abandono – e a substituição simbólica que faz da mãe por intermédio do mar ajuda-o a expressar sua irremediável nostalgia dela.

A sexta parte desse poema diz: "Velho Oceano, tua grandeza material só pode comparar-se com o que imaginamos da dimensão da potência ativa que foi necessária para engendrar a totalidade de tua massa. O homem come substâncias nutritivas e faz ainda outros esforços, dignos de melhor sorte, para parecer imenso. Que inche quanto quiser essa adorável criatura." E dirigindo-se ao mar, como projeção da própria vivência do perigo, diz: "Podes ficar tranqüilo, o homem não te igualará em tamanho." Aparece aqui o conflito com o pai, o homem, como rival que põe em risco sua relação com a mãe, sobretudo em termos de posse do seio. A relação sexual entre os pais, ou seja, a cena primária, é fantasiada num plano oral; a sucção e o esvaziamento são a técnica e a conseqüência dessa relação. A rivalidade com o pai por causa da mãe faz com que Maldoror se sinta abandonado; a primeira frase, "tua grandeza material só pode comparar-se com a potência que foi necessária para engendrar a totalidade de tua massa", não só faz alusão à relação sexual dos pais mas inclui uma conseqüência desta: a gravidez da mãe. Ou seja, uma potência ativa, como ele diz, engendrou a totalidade de sua massa.

A sétima parte mostra a elaboração da fantasia inconsciente que gira em torno das conseqüências da frustração oral. Diz assim: "Velho Oceano, tuas águas são amargas, têm exatamente o mesmo sabor que o fel." Com a frustração oral, o leite bom ou a relação boa com o seio bom se transforma numa relação ruim, o leite é ruim e amargo. Esse é o sinal da frustração e de um ressentimento permanente no conde de Lautréamont. Ademais, cria nele uma confusão, um desconcerto: se alguém tem gênio, fazem-no passar por idiota; se outro é belo de corpo, oculta uma corcunda pavorosa. Sua amargura e seu desconsolo se resolvem no próximo fragmento do poema, numa revisão de valores e numa reflexão sobre o alcance do conhecimento científico. Dirá no final dele: "a psicologia tem ainda muito que progredir".

Na oitava parte, o poema diz assim: "Velho Oceano, os homens, apesar da excelência de seus métodos, não conseguiram ainda, ajudados pelos métodos de investigação da ciência, medir a profundidade vertiginosa de teus abismos; tens alguns que as sondas mais longas e mais pesadas reconheceram ser inacessíveis." Assim me iniciei nessa reflexão.

Diante do desamparo e da morte que está por trás, ele adota uma atitude metafísica; abstraindo-se de tudo, esforça-se por resolver este intricado problema: "Qual o mais profundo, o mais impenetrável: o Oceano ou o coração humano?" Depois de trinta anos de experiência, diz que é mais fácil inclinar-se a crer que a profundidade e o mistério são ainda maiores no coração dos homens. "Quem compreenderá – diz – por que dois amantes que se adoravam no dia anterior [aqui faz alusão à sua boa relação com a mãe na primeira parte do poema, à sua relação com

Dazet], por uma palavra mal interpretada se afastam, um rumo ao Oriente e o outro ao Ocidente, com os aguilhões do ódio, da vingança, do amor e do remorso, e nunca mais se vêem, cada um envolto num solitário orgulho. Quem compreenderá por que alguém saboreia não somente as desgraças gerais de seus semelhantes, mas as particulares dos amigos mais queridos, ainda que se sinta ao mesmo tempo aflito?" Lautréamont percebe no coração dos homens a presença de duas forças antagônicas, o amor e o ódio, e a força da ambivalência e da dúvida, e é aqui, neste momento, que diz: "a psicologia tem ainda muito que progredir". O problema do amor e do ódio e da ambivalência, a existência de dois instintos primitivos, o instinto de vida e o instinto de morte, atuando sempre na mente do homem, constituía antes da psicanálise uma zona proibida para a psicologia. Somente tinham acesso a ela os poetas, como Lautréamont, que na qualidade de videntes e porta-vozes denunciaram esse caráter insondável e incompreensível da alma humana. A descoberta de Freud da existência do inconsciente, da importância dos dois instintos básicos, feriu profundamente o narcisismo do homem.

No penúltimo fragmento do poema, ou seja, o nono, apresenta-se um conflito entre o homem e o Oceano: "Velho Oceano, és tão potente que os homens aprenderam às tuas custas. Podem empregar todos os recursos de seu gênio, mas são incapazes de te dominar." Essas palavras revelam a fantasia da perda do controle sobre o mundo interno e a queda no caos e na destruição. O homem acredita ser mais inteligente que o Oceano, é possível, diz, até mesmo certo, mas o homem teme mais o Oceano do que o Oceano ao homem. O conflito aí é entre o mundo dos instintos e a razão. O Oceano, "esse patriarca observador, contemporâneo das primeiras épocas, sorri compassivo quando assiste aos combates navais entre as nações". E, referindo-se à descrição de uma batalha naval, diz: "Parece que o drama terminou e que o Oceano tudo meteu em seu ventre, goela formidável, e deve ser grande lá embaixo, em direção ao desconhecido." Como dissemos, a potência do mar representa a potência dos instintos, a intensidade dos desejos e, sobretudo, dos desejos orais em relação com a avidez ilimitada e insondável que caracteriza a situação depressiva. A fantasia final de que o mar traga os despojos das batalhas navais é a expressão da fantasia inconsciente da fragmentação do objeto e da queda no caos e na destruição. Quando essa fantasia é projetada, como ocorre freqüentemente com as crianças, aparece o temor de ser engolido, mordido por animais, como no caso das zoofobias.

A última parte do poema começa assim: "Velho Oceano, ó grande celibatário. Quando percorres a solidão solene de teus reinos fleumáticos, com razão te orgulhas de tua natural magnificência e dos sinceros elogios que me empenho em fazer-te." Frustrado pela mãe, dominado pela depressão, Maldoror procura recuperar o homem, o pai, Dazet, por meio da fantasia do Oceano. Num recitativo dramático e sem resposta, tenta recuperar o amor deste. "És mais belo que a noite – lhe diz –, responde-me, Oceano, queres ser meu irmão? Revolve-te com impetuosidade... mais... mais... mais ainda, se queres que te compare à vingança de Deus; estende tuas garras lívidas abrindo para ti um caminho em teu próprio seio. Está bem... desenrola tuas ondas aterradoras, hediondo Oceano que só eu compreendo e diante do qual caio prostrado. A majestade do homem é emprestada. Ele não se imporá a mim:

tu, sim... Magnetizador e indômito, rolando tuas ondas umas sobre as outras, com a consciência do que és, enquanto lanças, das profundezas de teu peito, como que esmagado por um remorso intenso que não consigo descobrir, esse surdo mugido perpétuo que os homens tanto temem, até mesmo quando te contemplam de um lugar seguro, trêmulos na praia." Aqui, Maldoror volta ao ponto de partida, quando se perguntava: "Por que não estás tu comigo, sentados os dois nalgum rochedo da costa, a contemplar este espetáculo que adoro." Maldoror sente que não pode considerar-se igual a Dazet. Diz-lhe: "Perante tua superioridade, te daria todo o meu amor; não posso amar-te, detesto-te. Por que volto a ti, pela milésima vez, aos teus braços amistosos, que se entreabrem para acariciar minha fronte ardente, que vê desaparecer a febre a esse contato. Não conheço teu destino oculto; diz-me se és a morada do príncipe das trevas, diz-me se o sopro de Satã cria as tempestades, tens de me dizer, me alegraria saber que o inferno se encontra tão perto do homem. Quero que seja esta a última estrofe de minha invocação, por isso quero, uma vez mais, saudar-te e despedir-me de ti, velho Oceano de ondas de cristal."

Lautréamont não recebeu resposta. Devido à intensidade de sua frustração, seu inferno interior se tornou insuportável, e ele o projetou sobre o Oceano, sobre Dazet; o sopro de Satã, que cria as tempestades, e o príncipe das trevas que habita o Oceano é sua morada. Também seu destino, regido pelas forças do mal colocadas no Oceano, é motivo de inquietação para Maldoror: "Não conheço teu destino oculto", diz ele. A partir de então, está à mercê de seu satanismo. Mais tarde, tentará manejá-lo, controlá-lo, mas seus esforços serão inúteis; só o conseguiria por meio do crime ou do suicídio.

A hipótese que surge da análise de sua obra é que o conde de Lautréamont de certa forma se suicidou. Com isso quero dizer que sua morte foi desejada. Nascido no clima de horror do cerco de Montevidéu, surpreendido em 1870 pelo cerco de Paris, essa dupla condição de sitiado o paralisou. O sinistro surge na vida de Ducasse, talvez pela última vez, com o reaparecimento de Garibaldi, presente em Montevidéu em 1848 e em Paris em 1870, como emissário de um destino irremediável.

Poema IX do primeiro canto de
Os cantos de Maldoror*

Proponho-me declamar, sem me emocionar, de viva voz, a estrofe séria e fria que ides ouvir. Quanto a vós, prestai atenção ao que ela contém e defendei-vos da penosa impressão que ela certamente deixará, como uma afronta, em vossas imaginações perturbadas. Não credes que estou a ponto de morrer, pois não sou ainda um esqueleto, e a velhice não aderiu ainda à minha fronte. Deixemos, pois, de lado qualquer idéia de comparação com o cisne, no momento em que sua existência se põe a voar e não vejais diante de vós mais do que um monstro, cujo rosto, felizmente, não conseguis distinguir; entretanto, ele é menos horrível que sua alma. Não sou, porém, um criminoso... Basta deste assunto. Não faz muito tempo voltei a ver o mar e pisei a ponte dos barcos, e minhas recordações estão vivas como se o tivesse abandonado ontem.

---

* Isidore Ducasse, *Los cantos de Maldoror*, trad. de Julio González de la Serna, Labor, Barcelona, 1974.

Se puderdes, porém, mantei-vos tão calmos como eu, nesta leitura que me arrependo já de vos oferecer, e não ruborizeis ao pensar no que é o coração humano. Ó polvo de olhar sedoso; tu, cuja alma é inseparável da minha; tu, o mais belo dos habitantes do globo terrestre, que comandas um harém de quatrocentas ventosas; tu, em quem residem nobremente, como em sua morada natural, por comum acordo e com indestrutível laço, a doce virtude comunicativa e as graças divinas. Por que não estás tu comigo, teu ventre de mercúrio contra meu peito de alumínio, sentados os dois nalgum rochedo da costa, a contemplar este espetáculo que adoro?

Velho Oceano de ondas de cristal, assemelhas-te proporcionalmente àquelas marcas arroxeadas que se vêem nas costas machucadas dos grumetes; és um imenso vergão aposto ao corpo da terra: gosto desta comparação. Por isso, à tua primeira vista, um prolongado sopro de tristeza, que pensaríamos ser o murmúrio de tua brisa suave, passa deixando marcas indeléveis na alma profundamente comovida; e trazes à memória de teus amantes, sem que nunca o percebam, os rudes começos do homem, quando trava conhecimento com a dor que não mais o abandona. Eu te saúdo, velho Oceano!

Velho Oceano, tua forma harmoniosamente esférica, que alegra as feições graves da geometria, me faz lembrar vivamente os pequeninos olhos do homem, parecidos aos do javali em sua pequenez, e aos das aves noturnas pela perfeição circular do contorno. No entanto, em todos os séculos o homem se julgou belo. Creio porém que o homem só acredita em sua beleza por amor próprio; mas não é belo realmente e o suspeita; se não, por que olha ele com tanto desprezo para o rosto de seu semelhante? Eu te saúdo, velho Oceano!

Velho Oceano, és o símbolo da identidade: sempre igual a ti mesmo. Não varias em tua essência, e se algures tuas ondas são furiosas, mais longe, em alguma outra zona, estão na mais completa calma. Não és como o homem, que se detém na rua para ver dois buldogues morderem-se pelo pescoço, mas que não se detém quando um enterro passa; que de manhã está acessível e à tarde de mau humor; que hoje ri e amanhã chora. Eu te saúdo, velho Oceano!

Velho Oceano, não seria nada impossível que em teu seio ocultes futuras utilidades para o homem. Já lhe deste a baleia. Não deixas que os olhos ávidos das ciências naturais adivinhem facilmente os mil segredos de tua íntima organização; és modesto. Vangloria-se o homem sem cessar, e de minúcias. Eu te saúdo, velho Oceano!

Velho Oceano, as diferentes espécies de peixes que alimentas não juraram fraternidade entre si. Cada espécie vive em seu canto. A variedade de temperamentos e conformações em cada uma delas explica de modo satisfatório o que a princípio parece tão-só uma anomalia. O mesmo ocorre com o homem, que não tem motivos de desculpa. Um pedaço de terra está ocupado por trinta milhões de seres humanos; pois estes se crêem obrigados a não se misturar à vida de seus vizinhos, fixos como raízes sobre o pedaço de terra contíguo. Do maior ao menor, cada homem vive como um selvagem em seu covil, e raramente sai dele para visitar seu semelhante, igualmente acaçapado num outro covil. A grande família universal dos humanos é uma utopia digna da lógica mais medíocre. Além disso, do espetáculo de tuas mamas fecundas, se depreende a noção de ingratidão; porque se pensa imediatamente nesses numerosos pais, tão ingratos com o Criador que abandonam o fruto de sua miserável união. Eu te saúdo, velho Oceano! Velho Oceano, tua grandeza material só pode comparar-se com o que imaginamos da dimensão da potência ativa que foi necessária para engendrar a totalidade de tua massa. Não podes ser abarcado de um só olhar. Para te contemplar, é preciso que a vista gire seu telescópio, num movimento contínuo, para os quatro pontos do horizonte, tal como um matemático, para resolver uma equação algébrica, se vê obrigado a examinar separadamente os diversos casos possíveis, antes de superar a dificuldade. O homem come substâncias nutritivas e faz ainda outros esforços, dignos de melhor sorte, para parecer vultoso. Que inche quanto quiser essa adorável rã! Podes ficar tranqüilo, ele não te igualará em tamanho; é o que suponho, pelo menos. Eu te saúdo, velho Oceano!

Velho Oceano, tuas águas são amargas. Têm exatamente o mesmo sabor que o fel destilado pela crítica sobre as belas-artes, sobre as ciências, sobre tudo. Se alguém tem gênio, fazem-no passar por idiota; se outro é belo de corpo, resulta um corcunda pavoroso. Decerto é preciso que o homem perceba vigorosamente sua imperfeição, três quartos da qual, de resto, só a si mesmo deve, para criticá-la desse modo! Eu te saúdo, velho Oceano!

Velho Oceano, os homens, apesar da excelência de seus métodos, não conseguiram ainda, ajudados pelos métodos de investigação da ciência, medir a profundidade vertiginosa de teus abismos; tens alguns que as sondas mais longas e mais pesadas reconheceram ser inacessíveis. Aos peixes... isso é permitido; mas aos homens, não. A mim mesmo perguntei por vezes o que seria mais fácil de reconhecer: a profundidade do oceano ou a profundidade do coração humano! Muitas vezes, a mão apoiada na testa, de pé nos barcos, enquanto a lua se balançava entre os mastros de modo irregular, surpreendi-me fazendo abstração de tudo o que não era o fim que perseguia, esforçando-me por resolver esse árduo problema. Sim, qual o mais profundo, o mais impenetrável dos dois: o oceano ou o coração humano? Se trinta anos de experiência da vida podem até certo ponto inclinar a balança para uma ou outra dessas soluções, seja-me permitido dizer que, apesar de sua profundidade, o oceano não pode equiparar-se, quanto a esse atributo, com a profundidade do coração humano. Já convivi com homens virtuosos. Morriam aos sessenta anos e todo mundo exclamava: "Praticaram o bem neste mundo, quer dizer, exerceram a caridade: eis tudo, não é muito extraordinário, qualquer um pode fazer o mesmo." Quem compreenderá por que dois amantes que se adoravam no dia anterior, por uma palavra mal interpretada se afastam, um rumo ao Oriente, o outro ao Ocidente, com os aguilhões do ódio, da vingança, do amor e do remorso, e nunca mais se vêem, cada um envolto em seu solitário orgulho? É um milagre que todos os dias se repete e que nem por isso é menos miraculoso. Quem compreenderá por que alguém saboreia não somente as desgraças gerais de seus semelhantes, mas as particulares dos amigos mais queridos, ainda que se sinta ao mesmo tempo aflito? Um exemplo incontestável para concluir a série: o homem diz hipocritamente sim e pensa não. Por isso os pequenos javalis da vida têm tanta confiança uns nos outros e não são egoístas. A psicologia tem ainda muito o que progredir. Eu te saúdo, velho Oceano!

Velho Oceano, és tão potente que os homens aprenderam às tuas custas. Podem empregar todos os recursos de seu gênio, mas são incapazes de te dominar. Encontraram seu senhor. Encontraram algo à sua altura. Repito, encontraram algo mais forte que eles. Esse algo tem um nome. Este nome é: o Oceano! O medo que lhes inspiras é tanto, que te respeitam. Apesar disso, fazes dançar suas mais pesadas máquinas com graça, elegância e facilidade. Fazes com que dêem saltos acrobáticos até o céu e admiráveis mergulhos até o fundo de teus domínios: um saltimbanco sentiria inveja. Bem-aventurados são eles quando não os envolves definitivamente em tuas pregas borbulhantes para irem ver, sem estrada de ferro, em tuas entranhas aquáticas, como vão os peixes e, sobretudo, como vão eles mesmos. O homem diz: "Sou mais inteligente que o oceano." É possível: é até bastante certo; mas ele teme mais o oceano do que o oceano a ele: coisa que não é necessário demonstrar. Esse patriarca observador, contemporâneo das primeiras épocas de nosso globo suspenso, sorri compassivo quando assiste aos combates navais entre as nações. Aqui estão uma centena de leviatãs que saíram das mãos da humanidade. As ordens enfáticas dos superiores, os gritos dos feridos, os tiros de canhão, tudo isso não passa de barulho feito de propósito para aniquilar alguns segundos. Parece que o drama terminou e que o oceano tudo meteu em seu ventre. Goela formidável! E deve ser grande lá embaixo, em direção ao desconhecido! Para finalmente coroar a estúpida comédia, que nem sequer é interessante, vê-se, no meio dos ares, uma cegonha que o cansaço retardou e que se põe a gritar sem deter a envergadura de seu vôo: "Puxa!... não estou gostando disso! Havia lá embaixo uns pontos negros; fechei os olhos: eles desapareceram." Eu te saúdo, velho Oceano!

Velho Oceano, ó grande celibatário! Quando percorres a solidão solene de teus reinos fleumáticos, com razão te orgulhas de tua natural magnificência e dos sinceros elogios que me empenho em fazer-te. Voluptuosamente sacudido pelos moles eflúvios de tua lentidão majestosa, que é o mais grandioso dos atributos com que te cumulou o soberano poder, desenrolas, em meio a um sombrio mistério, por toda tua sublime superfície, tuas ondas incomparáveis, com o sentimento tranqüilo de tua eterna potência. Seguem-se paralelamente, separadas por curtos intervalos. Assim que uma diminui, logo outra vai ao seu encontro crescendo, acompanhadas do ruído melancólico da espuma que se desfaz, para nos avisar que tudo é espuma. (Do mesmo modo os seres humanos, essas ondas vivas, morrem um após outro, de maneira monótona, mas sem deixar atrás de si o espumoso ruído.) A ave de arribação repousa sobre elas confiante e se abandona a seus movimentos, plenos de altiva graça, até que os ossos das asas tenham recobrado o habitual vigor, para continuar sua peregrinação aérea. Quisera que a majestade humana fosse apenas a encarnação do reflexo da tua. É pedir muito, e esse desejo sincero é glorioso para ti. Tua grandeza moral, imagem do infinito, é imensa como a reflexão do filósofo, como o amor da mulher, como a divina beleza da ave, como as meditações do poeta. És mais belo que a noite. Responde-me, Oceano, queres ser meu irmão? Revolve-te com impetuosidade... mais... mais ainda, se queres que te compare à vingança de Deus; estende tuas garras lívidas abrindo para ti um caminho em teu próprio seio... Está bem. Desenrola tuas ondas aterradoras, hediondo Oceano que só eu compreendo e diante do qual caio prostrado. A majestade do homem é emprestada; ele não se imporá a mim: tu, sim. Oh, quando avanças, com a crista alta e terrível, rodeado de teus vincos tortuosos como de uma corte, magnetizador e indômito, rolando tuas ondas umas sobre as outras, com a consciência do que és, enquanto lanças, das profundezas de teu peito, como que esmagado por um remorso intenso que não consigo descobrir, esse surdo mugido perpétuo que os homens tanto temem, até mesmo quando te contemplam de um lugar seguro, trêmulos na praia; então vejo que não tenho o insigne direito de me dizer teu igual! Por isso, perante tua superioridade, te daria todo meu amor (e ninguém sabe quanto amor contêm minhas aspirações ao belo), se não me fizesses pensar dolorosamente em meus semelhantes, que formam contigo o mais irônico contraste, a mais burlesca antítese que jamais se viu na criação: não posso amar-te, detesto-te. Por que volto a ti, pela milésima vez, aos teus braços amistosos, que se entreabrem para acariciar minha fronte ardente, que vê desaparecer a febre a esse contato? Não conheço teu destino oculto; tudo quanto te concerne me interessa. Diz-me, pois, se és a morada do príncipe das trevas. Diz-me... diz-me, Oceano (e a mim só, para não entristecer os que até hoje só conheceram ilusões), e se o sopro de Satã cria as tempestades que erguem tuas águas salgadas até as nuvens. Tens de me dizer, porque me regozijaria saber que o inferno se encontra tão perto do homem. Quero que seja esta a última estrofe de minha invocação. Por isso, só uma vez mais, quero saudar-te e despedir-me de ti. Velho Oceano de ondas de cristal... Meus olhos se enchem de lágrimas abundantes e não tenho forças para continuar; pois sinto que chegou o momento de voltar para junto dos homens de aspecto brutal; mas... coragem! Façamos um grande esforço e cumpramos, com o sentimento do dever, nosso destino sobre esta terra. Eu te saúdo, velho Oceano!

Prólogo a Caminos, *de Sergio Enquin**

Sem que me propusesse a isso, a poesia de Sergio Enquin conduziu-me paulatina e secretamente, na minha busca dos termos gerais dos processos de criação, a um livro excepcional de Gaston Bachelard cujo título, *La intuición del instante*, nos coloca no ponto preciso que permite estabelecer as regras da criação.

Quando uma alma sensível e culta relembra os esforços para traçar, segundo seu próprio destino intelectual, os grandes delineamentos da razão; quando estuda, valendo-se da memória, a história de sua própria cultura, dá-se conta de que, na base das certezas íntimas, permanece sempre a lembrança de uma sábia ignorância essencial. Diz Enquin:

Submerso
na certeza
de ser dúvida.

Haveria assim, no reino do conhecimento, uma falta original: a de ter uma origem, a de alcançar a glória de ser

---

* Sergio Enquin, *Caminos*, Kargieman, Buenos Aires, 1976.

impessoal, a de não despertar a si mesmo para continuar sendo si mesmo, em vez de esperar do mundo obscuro *a lição da luz*, o que chamaríamos de *insight*; ou seja, o momento súbito, o instante em que os conteúdos do inconsciente forçam a saída quando as defesas falham.

Se tivermos a sorte de trabalhar com o lema da intuição do instante e captar seus conteúdos, o instante é o momento justo, preciso, em que ocorre aquela operação, tanto a criadora como a da interpretação psicanalítica, que se constitui em emergente da possibilidade de uma abertura qualitativamente mais ampla, devido à soma de quantidades prévias que adquirem a forma da qualidade.

O emergente surge, então, nos poemas de Sergio Enquin, com força incomparável (e feito asséptico. Digo isso para o leitor hipocondríaco que teme a contaminação), o que, em termos literários, representaria a precipitação dentro do campo de trabalho daquilo que nos parece insólito e que denominamos, seguindo Bachelard, *A intuição do instante*.

A poesia deve dar, num breve e intenso momento, uma visão total do universo e o segredo de uma mente de tudo – como veremos na poesia de Sergio Enquin – enquanto ser e coisas, tudo de uma só vez.

Se simplesmente seguimos o tempo da vida, o tempo tem apenas uma realidade: a do instante. É um espaço suspenso entre dois nadas. O tempo poderá sem dúvida renascer, mas em princípio deve morrer. Não poderá trasladar seu ser de um instante ao outro para conseguir uma duração (verso). O instante já é a solidão, é a solidão em seu valor metafísico mais despojado, mas uma solidão de natureza mais sentimental. Confirma o trágico isolamento do instante: mediante uma espécie de violência criadora, o tempo limitado ao instante nos isola não somente dos outros mas também de nós mesmos, porque rompe com nosso passado mais querido, e isso é o que nos entristece. Diz S. Enquin:

inseto dor
de asas secretas

Do limiar de sua meditação – e a meditação do tempo é a tarefa preliminar a toda metafísica e a todo momento criador – encontraremos o investigador situado diante da afirmação de que o tempo representa um instante solitário como a consciência em uma solidão.
A poesia é uma metafísica do instantâneo, segue isoladamente o tempo da vida, que é menos que a vida e só pode ser mais que a vida imobilizadora vivendo onde se encontra o clima da dialética e da sabedoria, sem penas nem alegrias. Assim o expressa Sergio numa cotidianidade imediata, concretizada em poemas originais, jovens, antigos e vitais:

desabitado porvir
espero em teu silêncio o canto do sangue terno
uma fúria iluminada cresce
passo a passo
seu caminho sem tempo

Aqui aflora o tempo, cheio de desaparecimentos que provocam incerteza e perda; ele imagina recuperar seus objetos através de uma espiral constante que o revolve, transformando-o num Sherlock Holmes de seu interior.
É assim que recebe seu batismo de poeta, fazendo de si um hábil manejador dessa espiral que alguns conside-

ram diabólica. O que tenta negar é, no fundo, a percepção e a vivência de sua primitiva depressão, que é a fonte da doença única.

Propomos, como única terapia, a mobilização de qualquer elemento criador de que cada ser humano disponha, sobretudo em seu aqui e agora, junto com alguém que pode ser aquele que aparece objetivamente ou que está escamoteado por trás dele; solidão acompanhada que o protege da eclosão total de seu eu. É em seu mundo interno e em seu campo, também interno, que ele joga com seus habitantes internos, e é através de encontros inesperados, cruéis, benéficos ou bons que ele (*self*) joga e estabelece vínculos adequados (e isso não quer dizer que não sejam conflitivos).

Ele faz a crônica desse acontecer interno, sempre com alguém que lhe permita, por sua proximidade, o ato criativo. E, de sua plataforma, submerge na intuição do instante. Num brevíssimo tempo volta à superfície mediante os produtos arrancados do mar, mas isso através do trabalho de elaboração. O importante é a primeira submersão que o enriquece definitivamente.

Enquin também explora muito bem as duas dimensões do encontro entre sua verticalidade pessoal (*self*) e a horizontalidade de seu grupo e de todos os seus âmbitos sociais de referência, trazendo até nós uma universalidade complexa, mas que pode ser decodificada.

É essa a tarefa do leitor, personagem que nunca devemos esquecer, por estar sempre presente, assumindo diferentes papéis, e que o criador atribui ao conjunto dos integrantes da partida que se joga entre um apitar e outro de um árbitro sempre severo e nada benevolente. Deixo-os em seu caminho, que é o nosso.